昭和の青春物語

寺岡光二
TERAOKA Koji

文芸社

昭和の青春物語◎目次

第一章　少年期　5
第二章　青年へ　45
第三章　青年期　85
おわりに　369

第一章

少年期

一

　終戦から六年、昭和二十六年の日本は未だ敗戦による窮乏にあえぎ、衰弱していた。だが、この年にはサンフランシスコ講和条約が結ばれ、世は朝鮮戦争の特需景気に沸き、美空ひばりがデビューして五年、「悲しき口笛」で天才少女歌手の名をラジオで全国に響かせていた。

＊

　ズックの運動靴の先端に穴があき、親指の爪が覗いていた。二郎はその足で小石を蹴った。ジャストミートして小石は宙を飛び農道のかなり離れた前方に落ち、乾いた音を立てて土埃が立った。

「あっ！　痛ぁい……」

　ズキンと、親指に痛みが走った。生爪を剥がしたかも……と思い、二郎はその場に座り込み、運動靴の上から親指の爪を指で強く押した。押すとジーンとした感覚が足の指先を貫き、痛みが少し軽くなったように感じた。

「どうした山田、爪剥がしたか?……」

　義男が、心配そうに二郎の肩口から覗き込んだ。

「大丈夫だと思う、だけど痛いなぁ……」

　二郎は立ち上がると、二、三度飛び跳ねてみた。飛び跳ねるたびに真夏の陽で乾ききっている農道の地面から土埃が上がり、それと共にむっとした熱気が立ち込め、二人を包んだ。

「そうだ、あの林に入って休もう。熱射病になっちゃうぞ」

　義男は叫ぶと駆け出し、二郎も直ぐ後について駆け近くの林の中に飛び込み、大きな樫の木の根元に座り込んだ。

　二人が夏休みが終わった最初の登校日の帰路だった。

「また、学校が始まったな……。でも、年が明けると直に卒業だ。中学生ともさよならして、代わりにプレス工場に勤めるが、嬉しいのか、寂しいのかよく分からない……」

　義男は話しながら肩の鞄を外し、鞄の中から小さな新聞紙の包みを指で摘み出し、二郎の顔を見てにやりと笑った。そして、

「試してみようと思って、兄貴のものをそっといただいておいたんだ」

　といいながら包みを開くと、ばらのタバコが二本とマッチの小箱があった。義男はそのうちの一本を口に銜えると、もう一本を二郎の前に差し出し、

「試しに吸ってみるか?」

といって二郎の顔を窺った。

「俺はいい！　吸いたいと思わないよ」

二郎は怖いものでも出された気がして、身をよじって避けた。

義男の吐いた煙草の煙が林の中のひやりとした空気の中にふわりと流れた。二人は黙ってそれを目で追っていたが、突然、「ゴホン、ゴホン……」と義男は咳き込んで煙草を口から離すと、苦そうな顔をして口元を押さえた。

「慣れてないからな、それにあまり旨いものじゃないな、これは。今日はもう止めだ」

義男はそういいながら火のついた煙草の先を地面に押し付けて火を消した。そして先端に付いた土を指で丁寧に払い落とし、

「また今度やってみるまでしまっておこう」

といいながら、その吸いかけと、もう一本の煙草とマッチ箱を、元の新聞紙に丁寧に包んで鞄にしまうと、二郎の顔を真っ直ぐに見て言った。

「山田は真面目だな、勉強もできるし、来年卒業したら高校進学だろ?」

「えっ、高校?」

突然だったので、二郎は意表を突かれたように思った。高校進学は今の二郎には最大と

いってもいい関心事だった。

「分からないよ。親父は体の具合がよくないし、兄貴はプレス工場に勤め出した。高校進学なんていい出せない感じだよ」

「でも、おまえは進学したいのだろ？　俺みたいに勉強はあまり得意でなくて、できなくちゃ仕方ないが、山田はすごくできるから、高校に行かなくちゃもったいないと思うよ」

「でも、プレス工場に勤めてお金を稼いで、少しでも家に入れた方が気持ちは楽だと思う。妹が二人いるし、兄貴の給料と母のミシンの内職で、俺が高校に行くのはとても……」

「それじゃ、俺と一緒に勤めるのか？　でも、そこまではっきり、決めているわけでもないのだろ？」

「もう少し経てば、どうにか決まると思うけど、自分の気持ちだけではどうにもならない。気持ちが苛立って石を蹴飛ばしても、自分の体が痛いだけだ」

　二郎は話しながら先ほどの痛みを思い出し、また、足の親指の爪を指で強く押した。

「ところで愛子だけど、今日見たら暫く見ないうちに、随分、可愛くきれいになったな？……愛子は高校に行くのかな？」

　義男の言葉に、二郎は愛子の色白の顔を思ってみた。二郎は義男が愛子を好きなのは前から知っていた。

「うん、そうだな。でも、話したこともないし、高校に行くかどうかは……」

二郎は義男にそう応えながら別のことを思っていた。二郎の脳裏に浮かんだのは、みどりのことだ。つい先日、近くの農家の手伝いを頼まれリヤカーに野菜をたくさん積み、歩いて一時間ほどの、プレス工場に近い市場に卸しに行った。

二郎は、みどりが市場にいるのを見て胸がドキンとした。みどりは二郎を見ると、学校では見せたことのない親しみのこもった目で見て、はにかんで笑った。

その夜、二郎はみどりの目と、はにかんで笑った顔がいつまでも心から離れず、なかなか寝付けなかった。

二郎はふと、みどりは高校に行くのかな？　と思って胸が苦しくなった。若しそうなって、自分がプレス工場に働くことになったら自分が惨めに思えて、いたたまれない気持ちだった。

二

数日が過ぎた。二郎の家の家族六人が全員揃っての夕食後だった。母が父の顔を覗くようにしていった。

「二郎は来年中学を卒業だけど、その後どうしたらいいのかしら？」

父は暫く黙っていたが、

「中途半端に高校ぐらい卒業して、安サラリーマンになっても大したことはない。それより、これからは手に職をつけて働いて資金を貯め、その道で大志を持って事業家になり大成した方がいい」

といって、母、兄、二郎の顔をゆっくりと順に見つめた。だが、誰も何もいわないので、

「お父さんは国立の一流大学を出たが、戦争があったりして歳だし、こんな有様だ。インテリなんてこんな世の中じゃどうにもならない。何でもいいから職に就いて、その道で技術を手につけ、資金を貯めて事業家になるのを志すのがいい」

と今度は二郎に向かっていった。

二郎は父の声に強い自嘲の響きを感じていて、それに心を奪われ、その場では何もいえなかった。

「それでは、何をしたらいいのかしら？　時田さんに頼んで靴の職人にしてもらう？　これからは靴の時代だから」

母がいったが、誰も何もいわなかった。時田さんとは、近くで靴の製造をしている靴職

人で、何人か職人を置き、暮らし振りがすこぶる良く見えた。

二郎は、革を切ったり、それを木型にかぶせてミシンで縫ったり、とんとんとハンマーで叩いたりする姿を、漠然と思い描いたが、何か他人事に思え現実感が起きなかった。

また、数日が過ぎた。

「お母さん、やっぱり、俺、高校に行きたいと思うのだけど……」

二郎は母と二人のときに、おずおずといった。母は内職のミシンの手を休め、暫しじっと二郎の顔を見ていたが、何もいわずにまたミシンに向かった。それから暫くして、母はミシンを踏むのを止めると、

「それじゃあ、お父さんと話してみるけど、おまえも朝早く起きて、新聞配達でも何でもして、学費の一部でも働いて稼ぐ気でないと駄目だよ」

とかなり強い口調でいった。

「うん！　そうなったら何でもする。手伝いもどんどんするし……」

二郎はそう応え、途端に気持ちが明るくなった。高校に進学できれば、父はああいっていたが、いろいろな面で確実な将来が開ける気がしていた。

暫くの間、二郎の心は躍っていた。父とは話さなかったが母が父や兄に話し、高校進学を取り付けてくれると思っていた。だが、やがて話が一向に進んでいないのに気が付いた。

父は相変わらず折に触れて、先日と同じ発言を、兄にも二郎にもしていた。

*

学校にプレス工場からの就職案内がきた。二郎は家の貧しさを痛感して、母はああいったが、高校進学は所詮無理だ、と思うようになっていた。

「……お母さん、俺は、高校進学は止めてプレス工場に勤める。給料貰ったら家に入れるから」

二郎は、また、母と二人のときにいった。

「そうしてくれるかい、お父さんも歳で就職活動しても、纏まらないでいて、昔だったらおまえの高校進学くらい、ちゃんとできたのに……」

母の目頭が濡れ、これでよかったのだ、との思いが二郎の心を支えた。

戦前の父は、東京で一流新聞社の技師長を務め、写真家としても著書を何冊も世に出し、その世界にあって広く名が通っていて、得意の時代を生きていた。

二郎が国民学校に入る頃は、新聞社を退き世田谷に構えた家で著作に専心し、同時に、その場所で写真工房を構え、写真家としてさまざまな面で世に名声を博して活躍し、悠々の生活を送りつつあった。

だが、そうした生活が戦争により崩れ去った。父は戦争が起きると埼玉県の志木町にあった海軍の技術研究所に、光学関係の研究者として動員された。家族もそれを機に、志木町郊外の寺の離れを借りて疎開し、終戦を迎えた。

一家は終戦後暫くすると、寺の離れに間借りしていることができなくなった。

一家六人が極度の住宅難の中、つてを求めてようやく落ち着いたのは埼玉県川口市の、市の中心からかなり離れた郊外だった。国電の赤羽駅を降り、バスで二、三十分ほどの鳩ヶ谷町に出て、更に田畑の中を二、三十分ほど歩いたところに安普請の一戸建ての売家を見付けて落ち着いたのだった。

父は家をやっと求めたが、収入を得る手段に困った。当初は、自分の持つ学識、縁故を頼って就職することも考えたようだが、戦後の混乱が未だ続いている中で、すでに高齢の父には、その道は閉ざされていた。

実際、持病の痔もかなり悪化していて、この面からも、勤めることには更に難しいものがあったようだ。

この辺の詳しい事情については当時の二郎にはよく分かっていなかったが、後年、二郎も年齢を重ねる中で知るようになったのだった。

父は結局、持つ技術を生かそうとし、田や畑ばかりの地帯で自宅に写真店を開業した。

父の写真界での名声を知る人たちが、ときに遠路を厭わず訪ねてくれることもあったが、交通の便の悪いところでその数は知れていた。当然、客は少なく収入も僅かだった。母はミシンを踏んで近所の仕立物の内職をし、近辺の林で枯葉を集め、燃料にするような生活を余儀なくされた。

家庭の状況を二郎なりにも自覚するだけに、二郎が進学を断念し、唯一、その近辺にあって従業員が百人規模の、自転車で通勤できるプレス工場で働いて、収入を得たいと考えたのは自然だった。

二郎の学校からプレス工場に入社したのは、男性は二郎と義男の他に一名の三名だったが、女性が四名いてその中の一名がみどりだったのに、二郎は驚くと共に安心もし、胸のときめくのも覚えた。

結局、百名ほどの卒業生の中で高校に進学したのは十人に欠けるほどで、その中には義男が憧れていた愛子はいなかった。

「愛子は家の農業を手伝うそうだ。家にいるわけだが、何とか会える方法はないかな？」

義男は二郎に相談してきたが、二郎は、

「うん、農家で、家の仕事をすると、会うのはとても難しいな……」

と同情していったが、二郎の心はみどりがプレス工場に入ると聞いて頭がいっぱいで、義男の気持ちまでを、深く思いやる余裕はなかった。

三

プレス工場の現場の従業員は、それぞれ別棟の四つの工場に分散配置されていた。二郎とみどりは別の工場に、義男とみどりは同じ工場だった。

最初の給料日がきた。その日は工場全体が終業時間の五時で終業し、残業がない。そして帰り支度した全従業員が事務所の前に列を作って並び、一人ずつ事務所に入り、中で待っている事務長が補佐する社長から直接、給料袋をおしいただく感じで受け取った。

二郎や義男などは勿論、最後尾の方に並んだが、二郎は、その儀式にも似た光景に参列し、自分の給料袋を受け取って、働いた代償として給料を受け取るわけだが、それでもお金を貰うとはこういうことなのか、と何か厳粛なものを感じた。

二郎は最初の給料で、自分用の中古の自転車を近くの自転車屋の主人に頼み、月賦にしてもらって買った。

プレス工場は田畑の中にぽつんとあり、電車は勿論、バスもないから、通勤には自転車は必需品だった。

二郎は給料の殆どを、家に入れるといって父に渡そうとした。

父は、そんなことはしなくていい、手に職をつけてその道で事業家になる資金にしろ、家に金を入れてもらいたくて進学させず勤めさせたのではない、と怖い顔でいって受け取ろうとしなかった。

だが、母が、

「何でいつまでも意地を張ってそんなことをいうの、子供が折角そういってくれ、困っていて助かるのだから、黙って受け取ればいいじゃないの」

と父に抗議し、父と母がいい合って争うがごとくの場面があったが、結局、母が受け取った。

その後二郎は、毎月一定額を自分の食費という名目で母に渡すことになり、自分で使う額を残し、その残りは将来への資金として、二郎の名義で郵便局に貯金することになった。

四

二郎がプレス工場に勤め出して、最初の新年を迎えようとしていた。

二郎は少年工員として工場に勤め、大人の世界に首を突っ込んで、それなりに世の中を知り、自分の将来について深く考えるようになっていた。

憧れていたみどりは、最初のうちこそ親しみのこもった目で見て笑いかけてきて、短い言葉を交わすこともあったが、次第にそれもなくなって、二郎を無視しているが如くになってしまっていた。

二郎は、みどりの変化に、その原因が自分にあるのではないか、と思って悩んだ。心当たりは六月の社員旅行で全社員が貸し切りバスに分乗して熱川温泉に行ったときのことだ。ホテルでタオルや洗面具の支給がない時代だった。二郎がタオルを忘れたといって困っていたとき、みどりが聞きつけ、

「山田さん、私、二つ持ってきているから貸してあげる。よかったら使って……」

といって、みどりはそのとき自分の部屋からかなり離れていたが、わざわざ部屋に戻り、息を切らしてタオルを持ってきてくれ、頬を紅潮させて二郎に差し出したのだった。

「どうも有難う……」

二郎は頬を真っ赤にしてかすれた声でそれだけいうのがやっとだった。中学のときも、クラスが違っていたので、殆ど話したことはなく、卒業間際になって互いがプレス工場に勤めると知ってから、顔を合わせると笑って会釈をし合うようになった程度だった。

だから、二郎はみどりの好意にとても感激し嬉しかったが、みどりにその気持ちを伝えるすべを知らず、積極的に感謝の気持ちを表せなかった。

憧れの人に面と向かうと口が利けなくなるという域を脱していなかったのだ。知ってもらいたい気持ちの一部をも伝えることなく、心の中に燃えるものが燻ぶったままで過ぎていた。

二郎はタオルの件があって以来、みどりが自分に好意を持ってくれているのは確かだ、と固く信じるようになっていた。それで、みどりは、折角きっかけになることがあったのに、と怒っているのでは？　と考えて、悩んでいるうちに時は容赦なく過ぎていた。

二郎は、そんな状況の中でも、みどりと直接会って話をしようとの気持ちを持てなかった。みどりと面と向かったら、何もいえなくなってしまう、という現実を、二郎は自分自身で度々味わっていたのだ。

だが、そんな二郎にも、次第にみどりの愛想なさがどこからきているか、という真実が見えるようになった。

均整のとれた姿と可愛らしい顔立ちのみどりは、工場の若者たちの中で、誰にも好意を持たれる人気者となっていた。

みどり自身も、それを意識して振舞うように変わっていたのだ。みどりが頬を染めてタオルを貸してくれた頃の純情な振舞いは遠目に見ても感じられなくなっていた。

「どうにもならない。結婚なんて俺には未だ未だ遠い先の更に先の話で、今、みどりと気持ちを通じることができたって、その先をどうする。俺は今の状態で結婚して、機械工場の工員として一生を終わるなんて嫌だ。俺は将来必ず、何とかしてもっと発展する」

二郎はそう考えて、今置かれている境遇と、きっと今にと思っている将来を考え、みどりが手の届かぬ相手なのを痛感していた。

そして二郎は、もっと早くみどりと親しくなっていれば、今の自分を伝えることができて、将来を協力してもらえたかも知れなかったが、とも考えたが、もう遅い、遅過ぎる、と自分を責め失恋に近い感情を味わわざるを得なかった。

二郎はプレスを扱う作業が、いかに危険な作業かを知った。

一人前のプレス工になるには、指の一、二本は落とすくらいの覚悟がなくては、と年配の工員が自慢していうのを聞いてはいた。

だが、現実に、同じ職場の中年の工員が、人差し指から薬指までの三本を、プレスの型に挟まれ、落としたのを見て震えた。

慣れると単調な作業になるところに、危険が待っているのを知った。この単調な作業を成り行きによっては生涯続けることになるのか、と考えたら冷たいものが背筋を走った。

父がいっていた。

「手に職をつけて、その道で大志を持って事業家になり、大成した方がいい」

という言葉が、この道の将来に通じているとは、とても思えなくなってもいた。

二郎はある日、父との会話の中でそれを率直に父にいった。

「今のままでは、そんなことをいっても、とても無理だと思う。指を落としたりしながら、一生プレス工で終わりかねないと思う」

父は苦しそうな顔をして二郎の顔を見ていたが、

「おまえがどうしても学校に行きたいなら、自分の力で夜学の高校、定時制高校に行くのもあるが、家がこんな不便なところでは……」

といって苦しそうな顔を変えなかった。

二郎は父の言葉に胸を打たれた。そのとき、父は学校に行かしてやれないことからの、苦し紛れにいった感じだったが、二郎は、「あっ！　そうだ……」と思った。

定時制の高校がどこにあるか、こんな田舎に通える定時制の高校があるとは考えられなかったが、一年近くの社会経験と、それから得た将来への思いは、定時制の高校に通える場所に職場を変えれば行ける、とまでの思いが脳裏を掠めていた。

二郎は目の前に一筋の道を見出した気持ちになった。そして、先ず通える距離に定時制高校があるのか否か、それを調べなくては、と思った。急がないと今年の入学の時期を逸する。すでに一年、浪人していることになるのだと思った。

五

一月の末だった。二郎は会社を有給休暇にしてもらって、中学で何かと目をかけてくれていた教頭先生に相談に行った。

「気持ちは分かったけど、その話、お父さんは知っているの？」

二郎の話に、教頭先生が最初にいった言葉だった。

「勿論、知っています。この間、父のいった言葉で目を覚ましたのですから」

二郎の言葉に教頭先生が説明した。生徒の進路決定で、学校では君にその素質ありと考えたから、君のお父さんを呼んで、君を高校に進学させないか、と話したことがあった。

「そのとき君のお父さんは、『中途半端に高校に行って、安サラリーマンをやっても大したことはない。それより、これからは手に職をつけて、努力して資金を貯え、その道で大志を持って事業家になり大成した方がいい。自分は国立の一流大学を出ているが、戦争があって社会が変わり、今ではこんな有様で……』といっていたから」

と、二郎の顔を窺った。

「そうですか、そんなことが……」

二郎が驚いていうと、側で聞いていた当時の担任の先生が、

「その後だよ！　君のお父さんは経済とか、政治とか、社会問題について滔滔とご自分の意見を話されて、我々は恐れ入って何もいえなくなってしまった、ということがあってさ……」

と、半ば笑いながらいった。

「そんなことが、あったのですか？……」

二郎には寝耳に水、全く予想もできない話で、ただ驚くばかりだった。

(二郎は、その後この話を誰にも話さず、ずっと心に納めていたが、後年、父の生い立ち、戦争による挫折、経済的に子供を進学させられない無念さ、知識人としてのプライドの高さなどを考え、そのときのことばかりでなく、その後の父の言動をも思いやりの気持ちを

抱きながら、十分に理解するようになった）

二郎は、教頭先生に相談し、通学できる川口市立の定時制高校を知った。さすがに鋳物と機械工業の町の川口で、学校には普通科の他に工業高校にある機械科が設けられている。国電の川口駅と西川口駅の中間に位置し、プレス工場から自転車を飛ばして一時間近くかかり、プレス工場を定時に終わって駆けつけると学校の始業時間にぎりぎりだということまで分かり、何とか通えると考え、直ぐ通学の決心をした。そして、先生方に四月からの入学の手続きのお願いをした。今から手続きすれば十分間に合う。

その日、中学校の先生方にお世話になったお礼をいい、家路を辿る二郎の心は弾んでいた。後は努力だ、努力すれば自分の将来は必ず開けると思え、その道を見出したと思っていた。

＊

翌日、二郎はプレス工場にいつものように出勤したが、自分の将来に目標ができたことで工場の中が明るく見えたし、周りの人たちとの対応にも明るく振舞うことができた。

二郎は定時制高校の進学について、工場内の同期入社の者たちに声をかけようと考えた。そうすることで同じ目標を持った仲間ができ、互いに助け合えるし、工場内での孤立感も避けられる、と考えたのだ。

二郎は先ず義男に会い、川口市の定時制高校の話をし、一緒に通学しないか？　今なら四月からの新年度の入学に間に合うと誘ったが、義男は、

「俺がもう少し勉強できれば考えないでもないが、昼間の中学で勉強を持て余していた者に、夜学なんてとても無理だ。他の者を誘った方がいい」

といってその場で断った。

二郎は、義男のどことなく元気のなさそうな様子が気になった。そこで、

「愛子のことはどうなった、諦めたのか？」

と声をかけてみた。義男はよく聞いてくれた、といわんばかりに、

「諦められずに悩んでいる。二度、手紙を出したが返事はなくて……。俺は真面目と思われてないから、強引に会いに行くと、ことが荒立って気持ちを伝える前に終わりになりそうで」

といい二郎の顔をじっと見て、

「山田は真面目だと思われている。俺の代わりに愛子に話しに行ってくれないか？」

と怖いような真剣な目をしていった。二郎は驚いて思わず、

「とんでもない！　俺だって失恋して悩んでいる」

と、いってしまって、まずい！　と思ったが、すでに遅かった。

「えっ、誰に……、プレス工場の女性？」

「とんでもない！　違うよ、違う」

二郎は当分の間、義男には近付かないようにしようと思った。

だが、その夜、二郎は義男の悩みの深さを察して胸が痛んだ。一人の女性を思い込んで、それが成就すればとのみ考えている。それはそれで一つの人生で、自分のみどりに対する想いとは少し様子が違う。立派だといわなくてはいけないかも知れない。

愛子を自分は何とも思っていないから、愛子に会いに行くのは平気でできる。義男の真剣な胸の内を伝え、

「本人はとても真面目に考えているから、交際してやってくれないか？」

というのはできなくはない。だが、愛子が嫌だわ、というかも知れないし、全然相手にしていなかったらと思ったら、やはり、腰が引ける気持ちになった。

それより、義男のあの随分前からの情熱を、自分がみどりに発揮できていたら、もっと早い時期にみどりと交際していたか？　と思って自分の不甲斐なさに涙が出る思いだった。

＊

結局、義男との話の後、二郎が誘ったプレス工場に中学を同期に卒業して入社した者二名が、一緒に定時制高校に通学することになった。

そのうちの一名、飯山は自宅からプレス工場まで自転車で五分ほど、三人の中では一番通勤通学、帰宅に要する時間は少なく、二時間足らずだ。

もう一人の平田は自宅が草加市で、草加市の中学からの入社で、通勤通学、帰宅の時間は一番長く二時間半以上は必要とした。

二郎の場合は、二人に比して中間の二時間ほどが必要だった。

こうしたかなり過酷な時間を、通勤通学、そして帰宅に必要としたが、三人の通学意欲は盛んだった。

何れも主に経済的理由から高校進学を断念し、プレス工場に入社したという経緯だったから、一年遅れての定時制高校入学だが、試験にも合格し、入学手続きもすべて終わり、四月の入学を待つばかりになると、三人とも顔色が明るくなり、互いに生き生きしている様子を感じ合うようになっていた。

期せずして三人共に機械科を専攻した。それは、先ずプレス工場の仕事の基礎を学問的に広範に学びたいという気持ちがあったし、第二にはプレス工場サイドの方々に通学する旨を話し、理解を得やすい、との判断からだった。

二郎は、みどりへの執着心がいつの間にか随分軽いものになっているのに、自分で気が付いた。

「そうか……、人生ってそういうものか？　新しい目的ができると古い悩みが消えるのか？」

二郎は、何度もそう呟いて嬉しくなった。

今日もみどりとすれ違ったが、前と違って平気でいられた。みどりが他の若い男性と親しそうに話しているのを見ても、それほど心が騒がなくなっていた。

六

「これですか？」

二郎は転がって目の前にきた卓球のボールを、拾い上げ、講堂から飛び出してきた女生徒に差し出した。

「あっ、それ、どうも有難う」

紺のユニフォームに滲んだ汗と、はつらつとした身のこなしが、二郎の目に眩しかった。

講堂に入ると、中には三台の卓球台が置かれ、男女合わせて十数人の生徒が、代わる代わる卓球の練習をしていた。

「皆、上手だな……」

二郎は講堂の角に立って、眺めていて呟いた。

プレス工場にも卓球台は二台あって、昼休みには大勢が利用し、二郎も参加している。

今、目の前で練習している生徒たちは、プレス工場の人たちより大分レベルが高い。

「あの……、掲示板の部員募集を見てこられたの？」

二郎の目の前に、先ほどの紺のユニフォームの女生徒がきて、タオルで顔の汗を拭きながらいった。

「えっ、そうです。入りたいと思って、でも、皆とても上手ですね、私で大丈夫かな？」

「今は県の大会に出場するための練習をしていて、その選手が殆どだけど……、大丈夫よ。直ぐ慣れて上手になるから」

紺のユニフォーム姿の女生徒は、自信を持ちなさい、といわんばかりにいった。

二郎は卓球部に入部し、欠かさず練習に出るようになって、急速に学校がより楽しいものになった。

卓球部には普通科の女生徒が大勢いて、華やいだ雰囲気があり、高校という学生時代を意識する空気に満ちていた。

二郎が最初に会った紺のユニフォームは、卓球部の副部長で三年生の大橋由美、県大会の女子個人で優勝候補といわれていた。

二郎はその日、放課後の卓球の練習を終わって、学校の自転車置き場にきたところだった。

「山田君！　家はどちらの方向なの？　帰り道、鳩ヶ谷の方向を通らない？」

二郎は自転車の荷台に鞄を結び付けようとしていた由美に声をかけられた。

「鳩ヶ谷は帰る途中ですけど」

「本当！　私、その途中なの、一緒に帰ってくれない。今日みたいに練習すると特に遅いでしょ、こう遅いと一人では怖いの……」

「そうですか、いいですよ。送ります。こんなに遅く大橋さんが鳩ヶ谷の近くまで一人で帰るなんて……」

由美に頼まれたのが嬉しくて、二郎の声は自然に弾んでいた。

「一人で帰るなんて……、て、それ何？」

「そんな危険なことはさせられない、といいたかったのです」

「えっ、頼もしい。ついに私にも、護衛のナイトが現れたのね」

由美は闊達に話し、彼女が卓球で見せる動きのように、きびきびして気持ちがよい。二郎の卓球の腕前はめきめきと上達していた。プレス工場の昼休みの時間、夜は学校の放課後、ときには日曜日に学校で練習することもあった。

＊

年が明けて四月、二郎は、定時制高校生として最初の一年間、それはときに通学が続くか否かを占う貴重な一年といわれていたが、それを無事通過し、同じプレス工場からの飯山と平田の三人揃って二年に進級できた。二郎はそれが堪らなく嬉しかった。

何しろ、自分が先導者で、プレス工場の大勢に見守られての三人の通学であるし、三人にとって、この一年は互いに今後への大きな自信となるはず、と思っていた。

二郎の卓球は、二年になると、市や県の競技会や大会に学校の選手として、ときによって出場できるようになった。

放課後、由美と二郎が二人で練習することが自然に多くなった。

由美は練習で多少遅くなることがあっても、帰りは二郎が一緒で安心でき、また練習の上では、男性の強いボールに慣れようとしていた。二郎にとっても由美は、確実にボールを返してくるので絶好の練習相手だった。

その日も二郎は、いつものように放課後の練習を終え、由美と自転車を並べて帰る途中だった。

「大橋さんは四年でしょ。夏休みがきて、その後は秋の県大会に出たら終わりですね……、卓球もそれで終わりになり、お別れになってしまうのかな?」

二郎は、由美を送るのも長く続かないのだと思い、ふっと寂しさが込み上げてきていったのだった。

「そうね、それを考えると堪らなく寂しいわ……」

「卒業しても学校には、練習とか、後輩の指導にきて下さい。皆喜ぶから」

「そう、そうしたいわ……」

二郎は、由美の言葉が元気なく沈んでいるので、横顔をそっと覗いて思わず息をのんだ。月光に浮き出た白い由美の顔に一筋の涙を見たのだった。

二郎の胸に熱いものが込み上げてきた。自分はいつも早く卒業したいとばかり思っているのに、こうして、学校を去ることを涙して寂しがる人がいる、と知ったのだった。

七

「俺、学校辞めるよ。俺にはやっぱり無理でついて行けない」

飯山が、工場の門前でいつものように自転車を脇にして待っていた、二郎と平田の前に作業服のまま現れていった。

飯山は二郎と中学校の同期で、プレス工場に一緒に入社したが、働く工場棟は別だった。彼と平田と二郎はそれぞれ働いている工場棟は違う。だが三人は、通学時にはいつもここで待ち合わせるのが習慣になっていた。

「えっ！　どうして？　何かあった？　折角二年になったのに……」

二人が同時に同じことをいった。

「また、明日にでも話はするから……」

飯山はそれだけいうと、暗い顔をして、そそくさと自分の工場棟の方角へ去っていった。

残る二人は、黙って自転車のペダルを踏んだ。

「飯山は残業だ！　一人だけ早く帰れないであいっているんだ。ついて行けないのではないよ……」

暫くして平田が、二郎に自転車を摺り寄せてきて吐き出すようにいった。

「俺もそう思う。一人だけ定時に帰るのがつらい、といつもいっていた……」

二郎はそういって、自分の場合を考えていた。昨日も今日も、係長は夕方やってきて、今日は何時まで残業できる？　と訊いた。学校に行きますから、というと、学校か……、と分かっているのに不機嫌そうな顔をした。昨日も同じだったから、今日は、学校のないとき、例えば夏休みとか、冬休みとかには毎日何時間でも誰にも負けずに残業しますから、と暗に、毎日訊かないで下さい、という感じでいったが、飯山にはその強さがないのかな？　まあ、上司にもよるだろうが、と思った。

「平田の場合どんななの？」

二郎は平田がそばにきたのでいった。

「飯山と全く同じ、と思うよ。とにかく、会社はいっぱい注文を抱えている。中卒の工員は金の卵だっていう。働いてもらいたいのさ。とにかく今は。仕事にも慣れてきているし、これからますますきつくいわれることになるだろうな」

「うん、確かに。平田のいう通りか」

二郎は平田がそこまで考えているのか、と思って、平田を見直す気持ちになった。

授業はすでに始まっていた。いつも三人で教室に入ってくるのが、今日は二人なので多くの者が不審そうな顔をした。

休み時間にクラスメートの一人が、二人の方を向いて訊ねた。

「もう一人、飯山は？　今日はどうしたの？」

「残業だよ。彼は学校を辞めるといっていた……」

と、二郎が答えると、

「彼の職場は特に忙しいらしい。俺たちも同じだけど、でも、俺たちはかなり頑張って出てきている」

平田が二郎の顔を見ながらいった。

「皆そうなのだな、俺のところなんか帰ろうとすると職長が、『何だ、また学校か……』なんていう。またはないだろう、と思うんだ！　学校は毎日に決まっているのに」

一人がいうと、俺も、俺もとそれぞれが自分の事情をいい出し、教室の中がざわついた。

「仕方ないよ！　昨年、朝鮮戦争が勃発し特需景気にありついて、日本は好景気の真っただ中にある。景気が悪いと、失業者が街に溢れ、犯罪が増え、また、いろいろな問題が出てきて、困る人も大勢になる社会になるのだから……」

一人が大きな声で、大人ぶった演説調のいい方でいったのに、皆、気をのまれ、一瞬、しーんとした。

二郎は放課後、卓球部の集会に出た。夏休み中の練習や、浅間山へのハイキングの、最終的な打ち合わせだった。

だが、二郎は夏休み中にはたくさんの残業をしなければ、と思っていた。残業を断る理由がないし、学校が休みのときに、せいぜい会社には協力しないと申し訳ないとも思っていた。

だから、浅間山へのハイキングの日程が、会社の旧盆の連休と重なる運びになったときには感激した。

「ラッキー。人生にはこういうこともある……」

二郎は心の内で叫んでいた。更に由美が参加すると知って、心のときめきは抑えようもなかった。

＊

学校が夏休みに入った。二郎は残業の連続になったが、日曜には学校に行き卓球部の練習に参加した。

昼過ぎから始め、夕方まで汗を流すが、昼の自然の光の中での練習は、自然に、自分が工員でなく学生であるという意識になり、嬉しく充実した気持ちに満たされた。

ときには、由美と時間を決め、互いに待ち合わせて練習したが、「こういうの、デートというのかな？」と心の内で反芻し、嬉しさをかみ締めたりした。

＊

残業が終わっての帰り、義男と一緒になった。義男はすーっと自転車を寄せてきて小声で、

「みどりの最近の様子だけど……」

といい、自転車を少し離し二郎の顔を覗き込んで反応を窺った。

「えっ、みどりがどうかしたの？」

二郎はとぼけていったが、義男はまた自転車を寄せてきて、

「どうかしたの？　はないよ。大いに関心ありと顔に書いてある。あれ以来、山田の様子を見ていて、みどりだと分かった」

義男は笑みをたたえた顔でいった。義男は、みどりと同じ工場なのでみどりの動きはよく分かるのだ。

「愛子とその後は？　長田義男さんのお使い、やっぱりしてあげるか？　と、ときには思ってみたり……」

二郎は義男の話をかわそうとして慌てていった。通学を始めてから、みどりのことは考

えない、と決めているし、この頃では由美と親しくなったことで気持ちはとても安定している。

だが、義男からこんな風に指摘されると、その頃の自分の心が蘇り動揺する。二郎の逆襲で、義男はまた自転車を離し、

「お互いにさ、失恋は確かなようだが、希望を失ってはいけない……」

義男は周りに人がいないのを確かめ、大きな声で自分自身に言い聞かせるようにいった。

「うん、それは分かる。しかし俺の場合、みどりのことは考えないことにしている。昔の純情なみどりはもういない。過去の人だ。この頃では、それで心は収まっているから、もう絶対に気にしないでくれないか」

二郎は少し改まった感じで、これも周りに人のいないのを確かめてから、大きな声で半ば叫んだ。

八

浅間山の頂上に立ったとき、二郎はついに頂上にきた、という思いよりも心が恐れ戦く

方が強かった。

噴煙は鋭く鼻を突いたし、たとえようもない恐怖を感じさせる音が轟いていて、今にも噴火が起こりそうな気配なのだ。

そんな中で二郎は、今噴火したらもう逃げたって間に合わない、どっちにしても同じことだ、と自分自身の心に、懸命にいって聞かせた。

そして、暫し火口の奥を眺め、薄い煙を吐き出しながら赤の他に、微妙な青や黄色の色合いの変化のある不気味なお鉢の底、その底の様子に恐ろしさを感じながらも、くるときに部員たちと約束していた、お鉢回りをやろう、と心を決めていた。

「わあっ、凄い！　怖い……」

背後で、少し遅れてきた由美の声がした。

「さすがの大橋さんも怖いですか？」

「怖いわよ！　私だって女の子よ……」

由美は二郎のいい方に、反発するかのようにいった。

「とにかく、ぐるりと火口を一回り、お鉢回りしましょう。皆で約束してきたのですから……」

二郎は自然に由美の手を取っていた。

「本当に？　怖いな、でもその間に爆発したとして、今更お鉢回り止めても、間に合わないわけよね」

二人は直径五、六〇、或いは七〇メートルほどの火口の釜の縁を回り始めた。釜から目を離して釜の遥か前方や、振り返って反対側を見れば、高く連なる山々のパノラマの美しさは格別だが、二人にはそれを見ている余裕は殆どなかった。

釜の中に落ちないようにしながらも、どうしても釜の中、その底から湧き上がっている噴煙を、怯えながら見つめ進むことになった。

二人がお鉢を一回りして元の場所に戻り、ほっとして大きく息をつき、下り始めたとき、遥か彼方を三々五々下ってゆく部員たちと思しき幾つかのグループが見えた。

「あの人たちお鉢回りしないで、怖くなって直ぐ下りていったんだ」

二郎はそういって由美の顔を窺った。気が付くと未だに由美と手を握り合っている。手と手の間には汗がびっしょりだ。

「ふう……、怖かった」

二人が同時にいい、握っていた手を離して顔を見合わせたのは、更に四、五分下ってからだった。

先のグループにはなかなか追いつかなかった。何と形容したらよいか、恐怖をあおる音の轟きに、今にも噴火しそうな気がし、先行グループも駆けるようにして下りていたのだ。

障害物は何もない砂と岩ばかりの山だが、山の起伏によって、先行グループは視界から消えたり現れたりした。

「もう駄目よ！　ゆっくり下りよう……」

由美は足場を探って立ち止まると、つばの広い帽子を、両手を使って脱ぎながらいった。

「休みましょう。疲れたでしょう？」

少し先で、二郎も岩角に足を乗せて立ち、タオルで顔を拭いながら下から由美を仰ぎ見た。

由美は背負っていたナップザックを下ろし、タオルで顔、首、手首とゆっくりと汗を拭った。

それから暫し浅間の頂上を仰ぎ見ていたが、帽子をかぶり直すとナップザックを再び背にした。一面に雲一つない青空と、浅間山の噴煙を背にした由美のシルエットは、下から仰ぎ見ている二郎には息が詰まるほど美しかった。

二郎は、一寸きつい勾配を真っ直ぐに下りてくる由美に思わず手を差し出した。

由美はその手に縋ろうとしながら下りてきたが、手に触れる直前で躓いた。

由美の身体が二郎の胸に飛び込んできて、二郎は自然に片足を引き腰を落として、しっかりと由美の身体を受け止め、抱く格好になった。

二郎は微かに由美の甘い香りを嗅いだ。そして、目の前に由美の形のよい唇があった。

二郎の唇は無意識に由美の唇に重ねられた。

一瞬だったが、二郎は甘い香りに溶けるような夢心地の感触を味わって陶然とした。

「……あっ！　駄目よ。山田君」

由美は僅かに身体を離すと、二郎の肩に手を突っ張るようにして立ち、

「私は上級生よ！　下級生のあなたが、そんなことしちゃ駄目じゃない」

つば広の帽子の下で、由美の目は鋭く妖しく光って、二郎の目を睨んだ。

九

「俺もここまでだ、学校辞めるよ。直に三年になれるのに残念だが、残業しないで帰れないし、もう、疲労が溜まりきってしまって身体がもたない……」

平田が二郎にしみじみとした感じでいった。学校の夏休みが終わる頃、残業後の工場の風呂場で、二人で背中を流し合っていたときだった。

「身体……、そんなに具合悪いところがあるの？」

二郎は平田のいい方が深刻だったので、一瞬、息を詰めて訊いた。

「う、うん……。そんなに丈夫でない方なのに、本当は残業だって精一杯だよ。今までの頑張りで疲労が溜まっていろいろと……」

二郎はそれ以上何も訊かなかった。平田は確かに頑張っていたし、丈夫そうでないのにも気が付いていた。平田がこれだけいうのには、よくよく考えてのことだと十分に察しがついた。

二郎は、これからは独りになる、と孤独感を感じながら身の引き締まる緊張を覚えた。思えば、三人が一緒に通学を始めて二年、誰も卒業に漕ぎ着けなかったなんて、そんなことがあってはならない。絶対に！　と密かに唇をかみ締めた。

学校ではクラスの人数はすでに半数近くに減っている。夏休みが終わると、もっと減っているかも知れないと思った。

第二章

青年へ

一

家の暮らし向きはときを追ってよい方向に向かっていた。待望の新しい風呂桶も買った。小判型の木製の檜の風呂桶に、赤の釜といわれたが銅製の釜がセットされていた。釜が銅製なので熱の伝導がよく早く沸き、見た目にも焚き口がきれいだった。当時の一般家庭に広く普及してきていたが高級品のイメージがあった。

二郎は家に最新の風呂桶が備わったのを見たとき、自分の入れる僅かなお金が、それなりに役に立っていると思って嬉しかった。

母は、兄と二郎を工場に送り出すことと、ミシンの内職に精を出し、更に、妹二人と、持病の痔で手術を受けた後、病状の思わしくない父の面倒を見るのに懸命だった。

兄と二郎は、週末には油で汚れて、てかてかに光るほどになった作業服を、洗濯のため家に持って帰った。

「凄いねえ……、こんなになって仕事しているのだね、大変な仕事だ」

母はそういって、その作業服を父や妹たちに見せた。二郎は工場での仕事のことは、父も母も全然知らないのだ、と改めて気付き、何かこそばゆく、誇らしい気持ちにもなった。

＊

夏休みが終わって学校が始まり、二週間ほどが過ぎた頃だった。昼過ぎに二郎はプレスで打ち抜いた後の廃材となった銅板を、肩に担いで外に運び出す作業をしていたが、迂闊だった。肩に担いだ銅板の一端が背の後ろで回転している、プレス機械のフライホイールのベルトに接触したのだ。廃材の銅板は撥ねられて床に叩きつけられ、その瞬間、銅板の反対側の端の角が刃物と化して二郎の左手首をえぐった。

二郎はその瞬間、思わず屈み込み右手で傷口を握り絞めたが、真っ赤な血が傷口から流れ出ていた。

二郎は、それでも気丈に右手を緩め、そっと傷口を覗いてみると、左手首は縦に裂けていた。二郎は気の遠くなるのを意識した。

工場の車で直ぐに病院に運ばれたが、二郎は車の中で、怪我をしたら人生が終わりだ、と注意してきたのに……、と悔し涙を抑えられなかった。

病院で医師は傷口を詳しく調べ手当てをした後、優しい顔をして二郎の目を見つめていった。

「あなたは幸運だった。動脈をほんの僅か外れている。これだけ深く切っているから動脈に触れていたら唯では済まなかった。大変なことだったよ」

二郎はそれを聞いて胸を撫で下ろし、不幸中の幸いだったのだ、と改めて涙が出る思いだった。

手当てが終わると、三週間の通院を指示され少しの間ベッドで休んでから、包帯でぐるぐる巻きにした左手を肩から吊って会社に戻った。

事務所で、通常は社長代行である事務長に報告すると、

「それはよかった。時間が経てば元通りに治るんだから……」

といってくれたが、直ぐその後で、

「君は仕事の後、学校に行っているそうだから、睡眠不足というようなことはなかった?」

と、さらりと訊いたが、二郎はギョッとした。だから、怪我をしてはいけない、怠けまい、といつも心の中で自分自身にいって聞かせてきたのだ。

「いえ！　そんなことはありません。今後気を付けますから」

二郎はそういって深く頭を下げたが、心の内では不注意への悔しさと、労働者に過ぎない工員としての自分への憐憫の思いなどが交錯した。

二

その夜、家に義男が訪ねてきた。

「事情は聞いたよ。とにかく、大怪我だと聞いたから驚いて……」

義男は二郎の姿を心配そうに見ていった。

「うん、とにかく迂闊だった。前にだけ気を取られていて」

二郎は怪我をした顛末を話し、

「でも、傷が僅かに手首の動脈を外れていて、それこそ命拾いをしたのだよ」

といって、笑って見せることができた。

「そうか……大変だったな。でも、不幸中の幸いでよかった。俺たちは身体が元手だから、特に山田なんか将来に志を抱いて学校に行っているのだし、特に気を付けなくちゃ……」

二郎は心配してくれる義男の気持ちが胸に染み、目頭が熱くなった。それで自然に、

「有難う。それはそうとして、愛子さん、その後どうなの？」

と、普段と違う雰囲気で、訊ねないと悪いような気持ちになって訊ねた。

「……あれからまた手紙書いて、それで未だ返事はこなくて大分経った。返事がないのが返事、ということなのかも知れないが、そう思うと逆に癪に障ってきたりして……」

義男は思い出してだろう。険しい顔になって、二郎の目を見つめると、

「学校を卒業してもう直ぐに二年だもの、とにかく、はっきり返事だけは聞きたいよ……」

と、最後は語尾に泣き出したいような切実な思いがこもったいい方をした。

「……で、今でも俺に愛子さんの家に行って話してもらいたいと思っている？」

二郎は義男の気持ちに引き込まれ、自然にいってしまっていた。

「う、うーん、自分で会いに行くのが男らしいと思うが、相手にされないとき、冷静に振舞えるかと思うと……、それで実行できないでいる。だから、山田が行って話してくれて、それで返事があったら、それが何であっても、それで、すっきりしようと思うけど……」

義男はそこまでいって、少しの間俯いて黙って考えていたが、

「やっぱり、山田が行って俺の気持ちをよく話してもらって返事訊いてくれないか？」

と、二郎に賭けるという雰囲気でいった。

「分かった！　だが念のために訊いておく。一生懸命話すが断られたら、それですっきりできるな？　それから一番大事なことだけど、真面目な付き合いを望んでいるのだな？」

二郎は義男の瞳をしっかりと見つめていった。

「頼むからにはそれは当然のことだ。手紙にも何度も書いていることだ」

義男の緊張が言葉遣いに表れていた。

「怪我で何日も休むから、その間に、大した怪我と見えなくなった頃に、こそこそせずに、玄関から堂々と家を訪ねるよ」

二郎は、もう自分たちも社会人なのだから、この話については、引き受けたからには、できるだけのことを正々堂々とやろう、と思って気持ちの高ぶりを覚えていた。

二郎は一週間ほど経って、肩から吊っていた包帯が取れてから、愛子の家を訪ねた。自動車が交差する広い道路から、畑の間の農道を大分行ったところに愛子の家はあった。愛子の家の前まできて、門から中を覗くと、丁度向こうから出てくる農作業服姿の愛子の姿が目に入った。

二郎は、愛子が門のところまで出てくるのを待って声をかけた。愛子は二郎のことは覚えていて、最初は一寸怪訝な面持ちをしたが、

「あら、確か、山田さんでしたね」

といい、明るく迎えてくれた。

「ええ、そうです。ご無沙汰していました」

と、二郎も明るく応えたが、愛子はふと二郎の左手の包帯を見て不思議そうな表情をした。

二郎はそれには明るく笑って見せ、

「私の不注意で会社で一寸怪我をして、お蔭で平日の今日、こちらにくるような時間ができたのです」

と素直にいった。それより、二郎は絶好の機会を得たのだから、とにかく本題を話さなくては、と思いせかされるように、

「実は、長田義男君のことで愛子さんに会いにきたのです」

とすっぱりといって、愛子の瞳を見つめた。

「えっ！　私が長田さんの手紙にご返事しないからですか？」

二郎はそこまで察していてくれるなら話は早いと思って、そのまま立ったままで、義男のこれまでの気持ちと、自分の今日の役割を一通り話した。

＊

その日、家に帰る二郎の心は明るく弾んでいた。愛子はいろいろなこれからのケースを考え、迷っていたが、二郎がそれらに対応しているうちに心を開いてくれた。話の中で二郎は、

「長田君は、『今は町工場の一工員に過ぎないが、懸命に仕事に励んで、将来は小さくて

も独立して大成するつもりだ』と、私にはいつもいっているのです」

　といったとき、愛子は、

「そんなこと気にしなくても……私だって農家の末っ子で、中学しか卒業していないのですから」

　と、いってくれたのがとても嬉しかった。

　二郎はそれだけで、愛子にすっかり好意を抱いた。義男はこれだけの人と思って愛子に執着していたのか？　そうであれば、義男も立派だ、と思ったのだった。そして愛子は最後に、

「先行きはどうなるか分かりませんが、とにかく、暫く交際させていただきたいと思います」

　と、いってくれたのだった。二郎はその瞬間、義男の喜ぶ顔が目に見えるような気がした。

　その夜、今度は二郎が義男の家を訪ねた。緊張する義男に、

「愛子さん、交際させてもらうといってくれた。近いうちに、必ず手紙の返事を出すからとのことだった」

　と、二郎が弾んだ声でいったのに対し、義男の顔が明るく綻び、

「有難う、恩に着るよ……」

と感動していい、二郎の右手を両手で強く握ったが、目頭が潤んでいた。

三

「山田君、変なことをいうけど、私のこと好きにならないでね……」

「えっ！　それ、どういうことですか？」

放課後の練習を終え、二郎は由美を送っていた帰り道だった。二人はゆっくり自転車を走らせていた。秋の空は澄んで月が出ていた。

「どういうことかしら、私も本当に変なことをいうわ……。ただ、私は上級生だし困るわ。山田君が私のことを好きになると、私も山田君を好きになったりするかも知れないと……」

「えっ、そう、そうなのかな……。私は何も困らない、そうなったら凄いと思う」

二郎はそういいながら、浅間山で偶然に由美の唇に唇を重ねたのを思い出し、頬の火照るのを意識しながら、もう、自分は由美をすっかり好きになっているのに……と思った。

「えっ！　そう、そうなのかしら……」

二郎は由美の横顔を窺った。白い顔に黒髪が半ばかかっているのが分かるが、表情までは分からない。いつもは、きびきびとものをいい、行動する由美なのだが、二郎は当惑して何もいえなくなっていた。

二人は黙って自転車を走らせていたが、いつも別れる角が見えるところまできて、

「来週の県大会、頑張って優勝して下さい、これが高校生活最後でしょ」

二郎は努めて大きな声でいった。

「山田君も！　お互いに頑張ろう……」

由美も二郎の声に応えて声を大きくしていた。二郎は、由美がいつもの調子に戻ったと感じた。

だが、由美は今までそうしたことはないのに、自転車を止めて降り、二郎を見送ろうとした。二郎は自転車を止めて片足を地面につき、正面から由美の顔を見た。あっ！　と思った。由美は直ぐ片手を顔に当てて隠したが、月光が由美の頬が濡れているのを、一瞬、明らかにした。

別れて家に向かう間、二郎の心はさまざまな思いに揺れた。由美にどんなに自分が励まされ、慰められてきたか、と先ず思った。怪我をして包帯をして学校へ行ったとき、由美

がどんなに驚き親身に心配してくれたか、と改めて思い出した。

二郎は怪我のとき暫く練習はできなかったが、放課後は練習場に顔を出し、由美に付き合って帰りには送って帰った。それからもう一ヶ月以上が過ぎていた。

「切ないな……」

二郎は呟いてみて、胸がドキンとした。こういうのを恋というのだ、と思ったのだ。由美も自分に同じ気持ちを持っていてくれているのは、きっと確かだ。今日の由美の態度、頬の涙はそのせいに違いないと思った。そして、浅間山でのことがまた蘇った。それは、あのとき以来、何度も二郎の心に去来していることだった。

二郎の大胆な行為に対し、由美の目はつば広の帽子の下で妖しく光って二郎の目を睨んでいた。あのとき二郎が感じた由美は大人だった。あれは大人の女性の目だった。それにしても、今日の由美は？　あの頬の涙は？……。

今日、由美は何を考え、何を感じていたのだろうか、と二郎の心は同じところをぐるぐる回って果てることがなかった。だが、心の隅で、由美は大人なのだ、浅間山のあのときに感じた大人の目と心でものを考えているのだ、という気がし、それだけは確かなことだと思った。

＊

翌週の県大会で、二郎たちの団体は入賞に及ばなかった。由美は女子個人で準優勝だった。由美の決勝戦では二郎も観戦したが、もう一歩が及ばなかった。

「惜しかった、もう一歩だったのに……」

誰もがいったが、由美は拘らなかった。

「いいのよ！　最後まで一生懸命やれたから、何も悔いは残らないわ」

二郎は、由美の晴れ晴れとした顔に、このところ抱き続けている切なさが更に高まり、心は潰れるかとの思いだった。

四

学校が冬休みの間、二郎は殆ど毎日、残業に精を出した。残業できるときはします。でも、学校が始まったら定時で帰ります、というけじめをつけたかった。

その日、二郎は残業が終わり、工場の風呂で義男に会った。

「その後はどうしている？」

二郎が義男に訊くと義男は、

「順調だよ。『お互いに若いのだから、友達としてお互いをゆっくり確かめ合いましょう』といわれて、その通りだと思っている」

と嬉しそうな顔をして応えた。

「いいな、そういうのってすごくいい、羨ましいよ」

二郎がそういうと、

「彼女な……、同じ工場だから様子は分かるが、いろいろあちこちからお声がかかるみたいで……」

と義男は、二郎にすまなそうな顔をしていった。

二郎は義男がみどりのことをいっているのだと直ぐに分かった。みどりに憧れる気持ちは、今ではごく淡い初恋を遠い過去を思い出すようなものだ。二郎の脳裏にあるのは由美だ。上級生という意識も心にあって、どうにもしようがない切ないものだが。

＊

年が明けると瞬く間に時は流れ、由美の卒業が一月後に迫ってきた。二郎はどうしたらよいか、いろいろ考えるが、ただ思い悩むばかりだった。

義男のように自分の恋心を真剣に訴えてみても、義男とはいろいろと立場が違うと思うのだ。二郎には未だ二年間は高校生活が残っていた。それに、その先をどう生きるのか？　大学進学だって脳裏にはあって、それが時々現実感を持って心をよぎる。由美と結ばれるのがどんなに望ましいことだとしても、それはどれだけ遠い先になってしまうか同時に考えてしまうからだった。

二月末の学校での休憩時間、二郎たちの教室の入口に突然由美が立った。

驚いて廊下に出た二郎に由美は、放課後直ぐに帰って途中で何か食べて少し話をしよう、といった。

「はい、そうします」

緊張した二郎は、他に何もいえず素直な気持ちでただそれだけいった。

いつもの道を迂回して川口駅に近いレストランに入ってからだった。席に着くと由美がいった。

「長い間、護衛のナイトを有難う。今日は女王様からのお礼をしようと思って……」

由美はいつものきびきびした感じでいって悪戯っぽく笑った。

「えっ！　それ、大橋さんの卒業までには未だ二ヶ月近くあるけど、もう会えなくなるということですか？……」

二郎の気持ちが一挙に高まり、それが声をうわずらせた。

由美はそれを聞いて表情を変え、

「……やっぱり、山田君がそうなると困ると思っていたのよ。でも、最後はきちんとしたいし」

といって、何か考える素振りで黙っていたが、少しして表情を元に戻し、

「とにかく食事よ、それからいつものところまで送ってもらって、それまでの間にゆっくり話をしよう」

と明るく笑っていった。

二郎は、黙って頷いた。

食事が終わっても、二郎は黙ったままで由美も何もいわず、二人の間に沈黙が続いた。

二人の沈黙を破ったのは由美だった。由美は表情を固くして思いきったように、

「山田君、私に……、学校を卒業して独り立ちできるまで、待っていろといえる？」

といって二郎の顔を窺った。

「それ……前から考えていたのです。大橋さんはもう卒業だし、女だから……。私のこの先は未だどうなるのか……」

二郎は考えていた心の奥をずばりといわれ、うろたえる自分を意識しながらいった。

「そう……私たち同じことを考えていたのね。待っていろとも、待っているとも、お互いに勝手なことはいえない。山田君の勉強の邪魔もしたくないもの。実は浅間山以来、随分悩んでいたのよ」

それはいつもの由美に戻って、きびきびした感じの言葉だった。

二郎は由美の言葉を聞いていてとても嬉しかった。あの、自分がいつも想っている由美がここまで考えていてくれた。そう思うと、心の奥から込み上げるものがあった。それは涙声となって言葉になった。

「大橋さんが、それだけ考えていてくれたと分かって、たまらなく嬉しいです。大橋さんはとてもきれいな女性だし、これから多くの道が開ける……。私としては、男だから、大橋さんには、どうぞ、自由な道を選んで下さい、といわなくては、いけないのです……」

二郎は素直な気持ちでそういえたが、悩んでいた末に行き着いた心の内を吐露した感じで、最後には思わず深いため息をつくと、目頭を指で押さえていた。

「そんな、ため息をつかなくてもいいのよ！　もう会えないとか、会わないとか決めたわけでないし、現状の確認を二人でしただけよ。きっと、時間が解決してくれる……」

由美はいつもの由美に戻って、微笑んでいった。

帰路、二人はいつも別れる角まできた。由美は自転車を止めて、見送る姿勢になって二郎にいった。

「山田君、私の高校生活での一番の思い出、何だったと思う？」

「県大会での準優勝ですか？」

「そう、それもあるけど……」

由美は首を傾げ、一寸躊躇していたが、明るくいった。

「……下級生に、私のファーストキスを奪われたこと、浅間山で」

「えっ！　それは……。でも、私だって初めてでした」

「よかった！　二人の秘密、二人だけの……」

由美は嬉しそうな声でいって、手を振るとさっと角を曲がって去っていった。二郎は由美の姿がすっかり見えなくなるまで見送って、それからゆっくりペダルを踏んだ。

五

二郎は三年生になって、今年が正念場だとの悲壮な気持ちであった。今年を乗り切れれば後は一年だから、何としても乗り切り卒業には漕ぎ着けられると思っていた。

有史以来という意味での、神武景気が始まった昭和三十年である。プレス工場も仕事をたくさん抱えて忙しかった。

二郎は、残業、残業が毎日続く中で、何故、二郎だけが定時で帰れるのか？　という批判が、特に、二郎と同じような年齢層の仲間の中で燻ぶっているのを知っていた。だが、それをどうすることもできず、あまり目立たないようにと、日常の人との触れ合いには気を遣っていた。

その日、二郎は定時で仕事を終わって、一人自転車置き場に行き、自転車の後輪の空気が抜けているのに気が付いた。調べるとバルブのネジが緩んでいた。

そんなことでも修復するのに結構時間を取られ、学校には大分遅刻した。翌日、同じことがあった。更に三日目は後輪も前輪もだ。

二郎はここで、誰かが故意にしたのだと気が付いた。

「困った……、これから先……」

二郎はいい知れぬ不安で胸がいっぱいになり暫し呆然とした。

「何をしているの、学校じゃないの？」

二郎は声をかけられて我を取り戻した。顔を上げると、義男が通りかかっていて声をかけてくれていた。

「う、うん、そうなのだけど……」

二郎はこの三日間の経過を義男にすべて話した。

「それは故意だ。たちの悪い嫌がらせだな……、やったのは午後なのだな。今日の昼休みに確認して何ともなかったというのだから」

「うん、確かに何ともなかったんだ」

「よし！　ここは俺の工場から近いし、一寸気を遣って覗けば見える。明日は午後ずうっと見張って確認しよう。俺が見ている分には犯人は警戒しないだろうし……」

義男の言葉に二郎は目頭が熱くなった。今、通学しているのは自分一人になってしまっているが、味方もいるのだ、と思ったら堪らなく嬉しかった。

翌日の昼休みには異状はなかった。二郎は定時で仕事を終わって自転車置き場に行くと、義男が二郎の自転車に空気を入れていた。

「えっ！　やっぱり今日も……」

二郎は思わず口に出し、唇を噛んだ。

「そこまでやってくれなくても、自分で空気は入れるから」

二郎はそういって義男に頭を下げ、空気入れに手を伸ばした。

「いいのだ！　俺が山田の自転車に空気を入れているのを、今、犯人に見せているんだ。これで明日はやらなくなる。こうしているところを犯人は、今見ているよ。必ず」

義男は空気を入れ終わっていったが、少しの間考えている様子だった。そして、

「俺は見た。犯人も俺が見ていたのを知ったと思う。それが誰かを知った方がいいか？……」

二郎の顔を見て、どうする？　という顔が興奮気味だった。

「……いいよ。訊かないことにする。毎日、残業なしで帰っている俺にも問題がある。俺がその人に拘るのはよくない。いや、知らないでおきたい。とにかく有難う……」

「そうか、それでは今日のところはこのままにしておこう。頑張れよ！　折角ここまできたのだから」

二郎は自転車を走らせながら、義男は本当にいい奴だ、と感激していた。そして、愛子の顔が浮かび、二人はその後どうしているのかと思った。次いで、義男と同じ工場にいるみどりの顔も浮かんで消え、最後に、きっと時間が解決する、といっていた由美の顔が浮かんだ。

由美はどうしているかな、と思ったら切なくなって涙が目頭に滲み出すのを感じた。

二郎は挫けずに、学校の夏休みまで漕ぎ着けた。だが、学校では卓球部の部長を務めるようになったから、夏休みには、かなりの日数を学校の練習に出席しなければならないようになった。

＊

二郎は責任を感じ、残業を終わってから学校へ行き、練習の最後の方に顔を出すようにした。身体はきつかったが、何かに挑戦しているように感じて苦にはならなかったし、心は充実していた。

二郎が残念だったのは、工場の忙しさの中で、卓球部の毎年の行事である、夏休みのハイキングに参加できなかったことだ。

二郎は、通学を理由に工場を休むことも、夏休みに残業をしないことも、絶対にすまいと思っていた。

六

三年生の夏休みが終わると、もう少しだから頑張ろう、という気持ちで毎日が過ぎるようになった。二郎は浅間山に登ったときのことを何度も思い出していた。登りでは砂と岩ばかりで何もない。そんな中、目でずっと辿って上を見ていた。すると、山と青空が接するところがあった。

あそこが頂上だ、と思って行くと、更にその先に山と青空が接するところがあった。同じことを何度も繰り返して、ついに頂上に出たと思った。

それに比べれば、残り半分の下りは楽だった。三年生の夏休みが終わった今は、由美と手を繋いで山を駆け下りていた、丁度あの辺りにいるのと同じだと思った。するると、新たな気力が湧くのを感じた。充実したあの日、あのときが蘇り、たまらなく楽しく、甘く、切ない気持ちになった。

＊

年が変わり、春にはいよいよ最終学年の四年だ、という意識が強く、心が燃えてきた。学校ではクラスの人数は、入学時に比べて半分以下に減っていた。

だが、残った者たちには連帯感が強まり、クラスには楽しい雰囲気が満ちていた。

＊

二郎は直ぐ下の妹、美代子について母から相談を受けた。美代子は中学の三年を迎えようとしていた。学業はクラスで一、二を争い、よく勉強していた。

母は、美代子は女だけど勉強はよくできるし、熱心だから、といって二郎の顔を窺った。

「美代子は何といっているの？」

二郎は母が何を思い、何を相談したいのかおおよそは想像できたが、本人が母に何を訴えているのかを知りたかった。

「お兄ちゃんと同じにプレス工場に入って、定時制高校に自転車で通いたいと……」

「それは！　それはとても無理だし、可哀想だ」

二郎の脳裏に由美の顔が浮かんだ。あのように、立派に定時制高校を、二郎から見ればスマートに卒業した女性もいたが、由美は市役所に勤めていて、通学に当たっては、定時で帰ることとか、職場での周りの雰囲気とかが、プレス工場とは全く違っている。更に最も重要なことは、通学、帰宅に要する時間が大幅に違う。

プレス工場には大勢の女工さんがいるが、その中で一人定時制高校に通学するとなると、他の女性たちは美代子をどう見るのだろうか？　孤立して独りぼっちになってしまうのでは？……。二郎の心の中をそんな思いが駆け巡った。

「美代子は家の状況を見て、昼間の高校に進学できるとは思っていないのだ」

二郎は自分のその頃を思い出していった。

「それはそうよ。昼間行くとなれば授業料の他にも、制服とか、鞄とか、靴とか、自転車とかも、女の子だから、他の子と同じにしてやらなくては……」

母の言葉には諦めの気持ちが滲んでいた。

「でも、プレス工場で働いて、あの定時制高校に通うというのは無理だよ。とにかく、この家は夜遅くの通学には女の子には遠過ぎるし、経験者としていう。無理だし、可哀想だよ」

二郎の言葉に激しさが加わった。

「あの子は勉強には一生懸命で、できるから……」

母の言葉は元に戻っていた。そのとき二郎はいっていた。

「昼間の市立女子高校に進学させよう。未だ一年あるからその間に、制服とか、鞄とか、靴とか、自転車などの費用は、ボーナスや給料から私が貯金して出す。その後の授業料も毎月の給料から私が払う」

「えっ、でも、おまえの将来もあるし……」

「兄さんには、家族の生活を見てもらう。私は自分の生活費を家に入れ、妹の学費を全部見るということにしよう。下の昌代が高校に行くときもそうするよ」

「昼間の高校に行けるなんて、あの子は思ってもいないから……」

母は目頭に手をやって俯いた。

「定時制も高校卒の資格は昼の高校を卒業したのと同じだけど、民間の企業からはあまり就職案内がこないのが普通で、差別ではないかも知れないけど、就職のときに大分不利だ。一流企業では定時制は募集で最初から外してしまう。それを考えただけでも、昼間の学校に行かせたい。何としても……」

「分かるよ、嬉しいよ！　おまえのときには何もできなかったのだけど……」

母の声は涙声だった。

「美代子にはお母さんからいってあげなよ。そして、受験勉強に専心させよう」

二郎はそういいながら自分のそのときを思い出し、とても嬉しくて、涙が出るほどの気持ちだった。

七

二郎はいよいよ定時制高校の四年生になった。気持ちの上ではそれを節目としてすっかり落ち着いていた。実際工場でも入社五年目になり、仕事にも熟練したし、周りの人たちともわだかまりを持つことはなかった。学校は必ず卒業するとの自信もついた。

それと、これまで機械科で勉強した成果によって、プレス工場の工員としての自分の仕事を、客観的に眺めるようにもなっていた。

先ずこういう仕事は、こういうプレス型で行えば、もっと能率よく安全に行えるのでは、というアイデアが浮かび、自分でそのためのプレス型を設計製作してみたくなったりした。次第に、工員という立場の単なる労働力の一つの駒でしかないことに、耐えられなくなってきてもいた。もっと高度な仕事、できれば機械を設計するような仕事……と思い始めていた。

夏休みが終わって卓球の県大会が終わると、早くも秋の終わりの気配が感じられた。そんな頃、学校の設計製図の時間だった。二郎は卒業設計にプレス型の設計を選択し、それに取り掛かっていた。

突然、教頭先生が製図室に入ってきた。そして、

「機械科の四年生に特別の話があります」

といって全員に向かって話し始めた。川口市に工場のある中規模の会社の社長が学校にきての緊急の申し入れで、来春卒業予定の就職希望者を求めるという話だった。

ただし条件があって、来春卒業して大学の夜間部で機械工学を専攻したい、と考えている者というものだった。会社側と面接して、互いに条件が合えば、会社は大学への通学時間や、その他の便宜を図りたいと考えている、ということだった。

二郎はこの話を数日考えた。これまでも大学進学は常に頭にあったが、あまり具体的なものに育ってはいなかった。高校を卒業することに殆どの思いは奪われ、そんな余裕が持てなかったのだ。

だが、教頭先生の話は二郎の考えを具体的に進めさせた。思えば、高校に進学したい、という気持ちは明日の自分をこの社会にあって、一歩高みに置きたいというところからきていた。今、自分は一つの節目にきていて、これは自分にとって天から与えられた絶好の機会ではないのか？　と思った。

二郎は気持ちを纏めると教頭先生のもとに、希望者として面談に行った。

「君か……、一寸待ってくれ」

教頭先生は、担任の先生を呼び二郎に関する資料を取り寄せ、暫く二郎の目の前で目を

通していたが、

「君だったらいいな、実はその会社は当校の後援会長をお願いしている、市会議員の大月さんの会社で大月鋳造なのだ。だから一寸慎重に運びたいと思っていたというわけなのだ」

といって笑いかけた。

「はあ、そういうことなのですか……」

「N自動車の部品を殆ど専門に手がけている。従業員百人位で川口では中堅だ。息子さんが専務で切り回していて、希望者がいたら詳細は専務と相談してくれといわれている。会って工場も見せてもらって、その上でその気になったらいろいろ相談したらいい」

教頭先生は二郎の緊張を和らげようとしてか、にこりと笑っていった。

「鋳物工場ですか？」

二郎は機械工場と思っていたので、つい、そういった。では、大学の機械工学科への進学希望者といったのは？　と疑問を感じたが、工場を見てから話を聞こう、と直ぐに思い直した。

「お願いします。とにかく工場を見させていただきたいし、その上で面談もさせて下さい」

と、はっきりと返事をした。そして、次の週の日曜日の午後、二郎は大月鋳造を訪問することになった。教頭先生が直ぐに連絡を取って日程をセットしてくれたのだ。

次の週の日曜の午後、二郎は大月鋳造を訪ねた。行くと直ぐ大月専務が自分で工場を案内してくれた。

休日で、従業員は誰もいない。やはり鋳物工場だが、かなり機械化が進んでいて最新の設備を備えているのが、二郎の目にも直ぐ分かった。主力製品は小物の自動車部品で、モールディングマシンを使って生型で製造していた。ずらりと並んだマシンは壮観で深く印象に残った。

四トンと五トンのキューポラがあって、交互に連日の操業と聞き、二郎はこの街の鋳物工場としてはかなりだと思った。付属の機械工場もあって、十数人働いていると聞いたが、一通りの工作機械もかなりのもので壮観だった。

応接室に通されて話を聞いた。

「川口の鋳物は、もう昔の感覚ではやっていけない。山田君に入社してもらったら、先ず勉強して最新の技術をどんどん取り入れてもらう。品質管理も進めたい。キューポラも、今は、職人の勘での操業だが、科学的な操業管理をしたい」

大月専務はそこまでいって言葉を切り、二郎の顔を見つめて、

「こんな風に話していいのかな？　訊きたいことがあったらいって下さい」

といって二郎の言葉を待った。二郎は一寸躊躇したが、率直な意見を求められていると思って、

「……はい、お話はよく分かります。技術も経営も、時代に対応していこうとしているのが、工場を見せていただいて、とてもよく分かります」

と、思うところを率直にいった。

「そう、そう思ってくれましたか……」

大月専務は満足そうに頷くと、

「だから、本を読めて新しいことを取り入れる意欲のある人が欲しい。学校を卒業したばかりでは、中小企業が集まったこの街に溶け込むのは大変だ。実は、その点では、会社では何人かの一流大学の、しかも専門の、例えば大学院を出てその上の鋳物研究所で学んだ方にきてもらったこともあるのです。でも現場に溶け込めない。或いは研究所との違い、そうしたところの隔たりが大き過ぎたのか？　うまく定着しませんでした。それで、この街で実務を経験しながら定時制高校を卒業し、更に大学の夜間部で機械工学科に、との意欲を持っている人はいないか、と学校にお願いしたというわけです」

大月専務は、話しながら気持ちが高ぶるのか頬を紅潮させていた。

「分かりました。確かに今日、工場を見せていただいた範囲から見れば、応用範囲としては機械工学科ですね」

二郎がその点について納得していうと、

「……で、どうですか？　こちらは是非きて欲しいと思いますが」

大月専務は、もう面接の結果が出たというムードで、入社するかどうかを訊ねてきた。

二郎の気持ちは瞬時にして決まった。望まれて勉強し、それを仕事の上に生かせ、技術者として高度の仕事ができて、大学通学も……。総じて自分を向上させられる。

それに、最近、プレス工場で毎日感じている仕事へのマンネリからも一挙に脱出できるのだ。

二郎は望んでも望めない、またとないチャンスと思い、胸の動悸が高まるのを覚えながら、

「お世話になります。よろしくお願いします……」

といって、これまでの自分の人生でも大きな一つの節目の舵を、自分で取ったのだと思いながら頭を下げた。

「そうですか、私の話も早急過ぎるが、直ぐに返事をしてもらって、これは嬉しい。でも、学校とか、今の勤め先とか、都合はあるでしょう。いつからきてもらえるか……？」

大月専務は頬を緩ませて、二郎の顔を窺った。

「はい、今の学校にも、進学する大学にも、それぞれ卒業と入学の確信が持てるようにして、今の勤め先にも余裕を持って退職願を出したいので……」

「確かに、そういうことに……」

大月専務は微笑していった。

「いかがでしょうか？　来年三月一日に入社させていただくということでは？」

と、二郎は心の内で日程を計算しながら、もう、こうなれば、「時の勢い」という言葉があると思いながらいった。

「結構です。その日に備えてこちらも用意してお待ちします。確かに、大学進学の準備とか、円満退職とか、いろいろなことがおありでしょう。頑張って下さい」

大月専務は腰を上げて二郎の顔に笑いかけるようにしていうと、丁寧な物腰で頭を下げた。

八

当面は大学の入学試験が、二郎にとって最大の課題となった。通学の便を最優先してK工業大学の機械工学科に目標を定め、受験勉強に専心した。

年が明け、慌しく過ごしているうちに、転職と、大学受験と、高校の卒業式が相前後してやってきた。

そうした中で、予定通りに円満退職を果たし、大月鋳造に入社すると、事務室の一角に自分の机が与えられ、人知れず感動した。プレス工場での五年間を経て、エンジニアの待遇で初めて掴んだ自分の机だった。昼食時には、持ってきた弁当を自分の机で食べるが、事務所の女性従業員がお茶を入れてくれ、二郎の机に運んでくれた。

二郎は二、三日して、ふと工場で働く工員たちはどうしているのかな？　と思い食事が終わると直ぐ、事務所の外に出て現場を一回りしてみて驚いた。

今更ながら、と思ったのだが、この会社には従業員用の食事の場となる施設は設けてなく、工員たちは工場のまさに現場、鋳物の砂型を造り、完成するとそこでキューポラから湯〈熱で溶けた鉄〉を運び、自分が造った鋳型に注入して鋳物製品を作るが、湯を注入するのは普通夕刻で、素人目には昼時のその辺はただの砂場で、従業員は一隅をそれぞれ使って持ってきた弁当と、飲み物は持参した魔法瓶と思われる容器を使って食事していた。

　プレス工場には工員たちの更衣室と兼用の食事室があり、それは男性用と女性用に分かれていて、その中間にレクルームがあり、男女の部屋から入れて電蓄一台とそれに伴う器具が設備されていた。そして、それから離れて卓球台を二台置いた、それなりの広さの部屋があったのだが……。

「これが本当の川口の鋳物工場、いや、鋳物工場街なのか……」

　二郎は呟いて、鋳物師という言葉や、吹き屋、鋳型屋などという高校時代に自然に学んでいた言葉を思った。大工が道具箱持参で現場に行き、そこで仕事をしてその場で昼食もする。それと同じように、鋳物師は自分が身近で使う工具の入った道具箱を持参してキューポラのある鋳物工場に通い、そこで仕事して、そこで持参した昼の食事もする。賃金も出来高で請負という形なのかも知れない。

　時代は移り、最新のモールディングマシンをずらりと並べ百人の規模を持つ工場になっても、若い従業員は別として、工場主とそこに勤めるいわば鋳物師として育ってきた従業員との関係は、昔のまま変わらず、生きているのだろうか？　と思った。

「そうか、そうした中でも新しいことをどんどん取り入れたい、ということもあるのだろうか……」

二郎は入社の面接のとき、大月専務がいっていた言葉を、そう呟いて反芻した。

これは機械設備や、鋳物の技術だけの問題だけではない、と二郎は思った。そして、学校を出ただけの人間にこの工場でエンジニアとして従業員をリードすることは、確かにとても難しいことだと思った。今にしてみれば、プレス工場での五年間の工場経験は非常に貴重なことだったのだと思った。

「そうか、それで私のような……」

二郎は何かを学んだような気持ちで事務所に戻った。

九

転職は果たしたが、大学の入学が決定しない期間が短いながらあって、不安な毎日が過ぎていた。

「早くきてくれ」と、入社をせかしていた大月専務は、今年駄目なら来年また受験すれば、といってくれていたが、二郎の心にはとてもそんな余裕はなかった。

妹の美代子の市立女子高校受験も、時期は同じになっていた。

二郎は、頑張れよ！　と美代子には、時々声をかけてきていたが、自分のことと妹のことで思いは複雑だった。結果によっては今後の生活にいろいろなケースが考えられ、とにかく日々不安が募っていた。だが、三月末まではすべてが思い通りに決着した。二郎も、美代子も揃って受験に合格したのだ。

母は美代子のための真新しい婦人用の自転車、新しい革の鞄、新しい高校の制服などが揃ったとき、二郎の帰りを待って、

「……見てよ！　お蔭で美代子はこんなにして高校に行かせてやれる。男のおまえのときには何もしてやれなかったのに……」

と目頭を押さえ嬉しさを見せた。

「美代子は自分で頑張って合格したから……」

二郎はさらりといったが、自分も嬉しさに泣ける思いだった。

都市部でもテレビが七パーセント台、冷蔵庫が二パーセント台の普及率の時代で、電化時代は幕を開けたばかりの昭和三十二年、婦人用の一流メーカーの新しい自転車は、二郎の給料の数ヶ月分を必要とした。

＊

日曜日に、二郎の大学受験の合格を聞いて、義男が二郎の家に訪ねてきていった。

「凄いことだな。俺なんかことによると、一生プレス工場の工員で終わる。嫌がらせされながら毎日二時間も自転車のペダルを踏んで……、四年かけて高校を卒業して、今度は大学だ。凄いよ！　とにかく大学入学おめでとう」

義男の差し出した手を二郎は両手で握って、

「有難う、大学に進学させてくれ、張りのある仕事をさしてくれるから、会社も変わったけど、長田には随分世話になった。お陰で高校を卒業できたのだ」

といって握った手に力を入れ上下に振った。

少しして、二郎は義男がいう、「久しぶりにその辺を歩いてみないか？」という言葉に、昔、二人が中学に通学した田舎道に出て並んで歩いた。

「あの頃、山田は高校進学で随分悩んでいた……」

義男がその頃を思い出していった。

「そう、結局一緒にプレス工場に入って、そうだよな……、失恋のような経験もしてさ。定時制高校に進学しようと決心したが、今日までいろいろあった」

二郎は義男の言葉に誘われていうと、その頃のそれぞれを思い出して、深い感慨にひたった。

「失恋といえば、みどりがプレス工場を辞めたのを知っているな？」

突然、義男が二郎の顔を覗き込むようにしていった。

「えっ、それは、それは聞いたことはないけど」

「もう随分前、山田が工場を辞める一寸前くらいか、辞めて直ぐだ。今、赤羽駅の西口の喫茶店、フロリダに勤めている。訪ねていったのが話していた。彼女には似合う勤め場所だと思うよ。未だ、山田にその気持ちあるのかな……」

義男はまた、二郎の顔を覗き込むようにしていった。

「……よく分からない。プレス工場に入って直ぐの頃の気持ちだから。でも今ならちゃんと口を利けると思う。できればちゃんと話をして、どういう女性だったか知りたい気はする」

二郎は、みどりのことは過ぎたことと思えて胸の内を素直にいえた。

「随分純情な……。それなら一度フロリダに行き、みどりと話してみればいい。きっとすっきりする。でも、今のイメージを残しておいた方が幸せかな？」

義男の話の語尾にこもったニュアンスが二郎を驚かせた。二郎はいった。

「みどりはそんなに変わったの？　ある時期、若い男性に随分人気なのは見ていて分かっていたけど」

「大人の女性になったのかな、彼女に恋して振られた者が多いのは事実と思う……」

義男は最後には、二郎に申し訳なさそうにいい、歯切れが悪かった。

「それより、愛子さんとその後は？」

二郎は話題を変えたくなっていった。

「……う、うーん、お互いの心は通じていると思うんだ。だが、実は困っている」

義男は自分の話題になって、急に緊張した面持ちになり少し考えていたが、

「正念場というかな、近く具体的になったら、そのときは相談に乗ってくれないか」

といったが、義男の真剣な眼差しに二郎は黙って頷いた。

第三章

青年期

▼▼▼ 其の一 ▲▲▲

一

「山田君、背広を一着作れよ。私からの大学入学祝いのプレゼントだ。そのうち、N自動車の品質管理部などに行くようにもなるが、堂々とした服装で行ってもらいたいし……」

大月専務は笑いながらいって、直ぐに日本橋のMデパートへ行き、デパートの外商部の担当に連絡しておくから、自分の好きな生地を選んで誂えてくるようにといった。

「えっ、そんな……、はい、有難うございます」

確かに、取引先に出向くときの服装は、プレス工場に通勤していたときのようでは具合が悪い。二郎は内心気がかりだったのだ。大学卒の初任給でも背広一着がとても買えない時代だった。まして一流デパートで誂えるとなると、数ヶ月分の給料に相当する。二郎は大月専務の気持ちをとても嬉しく思ったし、実際、それで胸がわくわくするのを覚えた。

大月鋳造に入社して、すでに数ヶ月が過ぎていた。この数ヶ月のうちに、二郎は会社の全容を工場とその技術関係に関してだが、ほぼ把握していた。

経験のあるベテランの職人は何人もいたが、工学関係の学校教育を受けた者は殆ど皆無だった。確かに、本を読める人がいなかった。

おおよそ一ヶ月に一、二度、N自動車の鋳造部長を定年退職して間もない下川さんが、会社の顧問として技術関係の指導にきてくれていた。

二郎は下川さんを下川先生と呼んで指導を受けていた。下川先生はくるたびに最近の状況を大月専務と二郎から聞いて、工場を見て回り実情を見ていろいろと意見をいって指導してくれた。

二郎と下川先生との呼吸はぴったりと合った。下川先生との打ち合わせの後、二郎が中心になり指導を受けた事項を実行に移した。そして、それを次回に下川先生が確認するというサイクルが軌道に乗っていた。

大月専務は二郎が必要とした簡単な計測器具類や、書籍などを何もいわず調達してくれ、必要なものはどんどんいってくれといって二郎を励ましていた。

大月専務を喜ばせたのは、目に見えて不良品の率が減少してきたことだった。

今までにないことだったが、モールディングマシンで使う肌砂（製品の表面の砂で、湯と直接接触する）を、一括管理し砂の種類、添加物の量、水分の量などを計量してミキサーでミックスし、最善な状態の肌砂にコントロールし、各マシンに支給するシステムにしたのだった。

二郎と肌砂を作るミキサーを扱う職人との互いの意見と呼吸がマッチして実現した。それが先ず表に出たのだった。

二郎はキューポラに投入する素材の配合が従来は職人の勘に頼っていたのを改め、その日投入する数種類の素材の成分データーから、各素材の量を計算して配合を決め、毎日、キューポラを扱う職人に指示するようにした。これが材質による不良品を減らすのに大きく貢献した。

一つずつ手を打ち、その管理を続けることから始めたのだ。当然、二郎のやるべき仕事量は増大し忙しさは日に日に増した。仕事を自分で作っているという感じの毎日だが、それによってプレス工場に勤めていた時代と比べて仕事の上での気持ちはいつも充実していた。

朝、自転車で家を出て大月鋳造までは一時間足らずかかった。夕方、会社との了解事項になっている四時三十分前後に仕事は切り上げて、大学通学のため自転車で国電の西川口駅に向かう。西川口駅前の駐輪場に自転車を預け、国電で大学のある新宿に向かう毎日となっていた。

大学を下校するとこの逆で家に戻るのだが、高校時代と比べると、往復ではかなり長い通勤通学時間となり、帰宅の時間はプレス工場から高校に通学していたときよりも一時間ほど遅くなった。

二郎はそれを特にきついとは思わなかった。新しい環境、そして生活のリズムに、むしろ何かに挑戦している気持ちの張りを感じる毎日だった。

二

その日は、二郎は新調の背広を着て、朝早くから湘南にあるN自動車の工場に検査の打ち合わせに行った帰りだった。赤羽駅で国電を乗り換えようとしたとき、先日の義男の言葉を思い出した。

義男は、赤羽駅の西口のそばの喫茶店でフロリダといったのだった。一度、フロリダに行き、みどりと会って話してみればいい。きっとすっきりする、といわれたのも覚えていた。

二郎が気になっていたのは義男が話の最後の方でいった、「今のイメージを残しておいた方が幸せかな?」という言葉だった。

時計を見ると昼休みの時間を過ぎていた。今日は朝、家を出るときから昼は外食と決めていた。

「食事をして帰らなくては……」

二郎は呟くと、足は西口の改札に向かっていた。フロリダは直ぐに分かった。入って中を見渡したがかなり大きい店で、一番奥の方はうす暗くて見通せない。ウエイトレスは何人もいる様子で、立って働いているのが何人か見えるが、どの人がみどりか見当もつかない。

二郎は入口のところで、暫し中の方を見ながら様子を窺う格好になった。

「どなたかお探しですか?」

横から声をかけられた。

「ええ、一寸……」

二郎は応えながらそちらを向いて思わず、「あっ!」といってその人の顔をまじまじと見つめた。そこに、みどりが制服であろう濃いグリーンのワンピース姿で、白い顔を際立たせ立っていた。

「……山田です。あなたがこちらにお勤めと聞いたものだから」

二郎は多少うろたえていった。

「ええ、お一人ですね。どうぞこちらへ」

みどりは微かに微笑むとテーブルの一つに案内した。

「ご注文は？」

みどりの微かに微笑んだ表情に、特別の感情を示すものは何もなかった。注文を運んできたのもみどりだった。

「いつからここにお勤めですか？」

二郎はみどりの態度に引き込まれ、いたって他人行儀に訊ねていた。

「今年の春からです。山田さん、お仕事は？」

みどりの態度と言葉は、最初から変わらずに続いていた。

「今は川口駅から近い会社に勤めています。今日は仕事の出先から帰る途中で、食事に赤羽駅で降り、あなたのことを懐かしく思い出したものですから」

二郎の態度と言葉も自然にみどりと同じ調子で続くことになった。

「そうですか、それは有難うございます。どうぞごゆっくり」

みどりはそういうとすっと去っていった。二郎は、みどりは仕事中だからと思ったが、今なら自分も気楽に口を利けると思ってきただけに、ここまでの他人行儀な態度でのやり取りに、何か物足りないものを感じ心の中を風が吹く思いだった。

コーヒーを飲み、軽食を食べるが、みどりはそばにいないし帰るよりない。仕方なく席を立ってレジに向かうと、みどりが現れ応対した。無言のままでレジを終わったが特にいう言葉が出てこない。

「それではお元気で……」といって去ろうとするとき、みどりがさりげない態度でいった。

「山田さん、私、結婚したんです。結婚してしまえば、もうどうにもなりません」

＊

二郎は荒川の鉄橋を電車が川口駅に向かって渡る間、フロリダを出て以来の思いを反芻していた。

きっと、みどりには彼女を知る多くの若者が訪ねているのだろう。それはみどりにとって迷惑なのだ。それで、旧知のそうした若者には、みどりはいつも自分にしたように接しているのだろう。みどりにとっては、今の自分はそうした若者と同じなのだ。

「だが自分はそういうのと違う、中学生時代の憧れだったのだ。でも、プレス工場にいた間は、まともに話ができなかった。今なら話ができるかと思って……。まあ、それだけ未練だったということか……」

と心の内で呟いて、それだけだったから……、と後を続けようとしたが、ふと、また義男の言葉を思い出した。そして、

「すっきりしたか？　それともイメージを壊したか？……」

と小さく、口に出してみたが、どちらかよく分からなかった。

だが、中学生の頃に芽生えた淡い憧れの継続を、自分の心がこれからも続けるかどうかには、今この場では勿論、ときの経過を経ていないからはっきりしないが、それを、今後、深く考えるであろうとは、今の二郎としては思わなかった。

自分とは全く関係のないことになったのだな、という思いが心を占め、一つの長い間の心の悩みにきっちりと決着がついた気持ちだけはした。

三

何週間かが過ぎた。日曜日の朝、義男が家に訪ねてきた。

「山田、家にいてくれてよかった。また、外で話したいんだが……」

義男は二郎の顔を見るとほっとした表情を浮かべたが、遠慮がちにいった。二郎はこの

前義男と別れるとき、愛子のことで近いうちに相談に乗ってくれ、といわれていたのを思い出し、いわれるままに外に出た。

「彼女に縁談がきていて……彼女は断るといっているのだが、両親がすっかり乗り気になっている」

「そう、それがこの前に会ったときにいっていた、相談なのかな？」

義男は深く頷くと、このところの経緯を詳しく話した。今年に入って直ぐ、義男は愛子の両親に会った。そして、二人はこれまで交際してきたが、将来結婚を前提にしている真面目な気持ちでの交際ですので、よろしくお願いします、という趣旨の挨拶をした。

そのとき両親は義男のことについて何もいわなかった。だが、娘の幸せについては親としていろいろ考えなくてはいけないし、いつも考えています、という程度の二人にとっては曖昧な話であった。

それがどういうことか、義男にも愛子にもよく分からなかった。だが、愛子の両親はここにきて、かなり大きな農家の長男との縁談を愛子に薦め出した。

愛子は交際している人がいるし、その人のことも未だよく分かっていないし、といい、それよりも何よりも農家には稼ぎたくない、といって断った。

だが、両親はあれこれといって愛子を説得、また親類縁者などからも手を尽くして愛子に迫り、愛子もかなり参っているようだ、というのだった。

「具体的な問題になったら、といっていたのはそういうこと……」

二郎の言葉には自然に、かなり難しい問題だという実感がこもっていた。

「そうなのだ。プレス工場の工員だとこういうときつらいな、小さな町工場の工員としか見てくれてない。行く行くは小さくても独立して工場を持ってという夢はあるけど、とても……」

義男はかなり自信を失っているかのごとき口ぶりでいった。

「そんなことはないよ！　確かに今の時代、良い学校を出て一流会社に勤めているというのが一流の人間という風潮があるけど。そう、俺なんかもそれに突き動かされているのだろうけど、それはそれだ」

二郎は義男を励ましたいと思って心のうちをいいかけたのだが途中で、もう思っていることはいうだけいった方がいいと思って話を続けた。

「そう思う人がその道を行けばいいので、まともに働いてまともに生きていこうというのに引け目を感じることはない。長田には夢もあって、それだけでも立派だと思う」

二郎はとにかく義男を励まし、この問題に関して何とかして、もっと勇気を持ち、そして力強くなってもらいたいと思った。

そこまでいって義男を窺うと義男の興奮しているのが分かった。頬を紅潮させ、両手を強く握り締めていた。でも、義男は何もいわない。それで自然と、二郎は更に続けた。

「あちらだって農家の娘だし、一番大切なことは本人が農家は嫌だといっている。もう成人式も終わって、本人の意思が一番大切なのだ」

義男がやっと口を開いた。

「有難う。確かにそうなのだ、そう思う。だが、毎日両親に口説かれている本人が可哀想で……」

義男の切ない気持ちが語尾に滲んだ。そのまま二人とも黙って歩いていたが、少しして二郎が空を仰いでいった。

「この問題、所詮は愛子さん次第なのだな。長田がどれだけ彼女を支えられるかにも関係しているが、長くなると両親に愛子さんが口説き落とされかねない」

「確かに、そういう雰囲気なのだ」

「とにかく、こうなったら何れはこういう話になる可能性は強いのだから、この際、早く決着をつけた方がいいと思う」

「そうだな、長くなるのは確かに不利だ……」

義男はそういって嘆息すると、二郎の顔を窺った。

「愛子さんに、家を出て二人の生活を始めるくらいの覚悟をしてもらえないと……」

二郎は思ったところを率直にいったが、そういいながら心のうちでは、他人のことだとこうも正論を、はっきりいえるものなのだ、と義男にすまないような気持ちが生じるのを覚えた。

「やっぱり！　確かにそうだと思う。彼女の心の火が衰えないうちに勝負か、そうだろ？」

義男は二郎の顔を覗き込むようにしていい、二郎が頷くのを見て唇をかみ締めた。

義男と別れた後、二郎は直ぐに家に入る気になれず義男と歩いた道をもう一度歩きながら、暫くの間、物思いにふけった。

会社、大学、それぞれでスタートを切って夢中で新しい環境で学び、慣れようとして毎日を過ごしてきたが、あっという間にときは過ぎ、直に大学も夏休みに入る。

大学については、入って先ず感じたことはすべてが厳しいということだった。卒業に必要な単位は自分で計画して授業日程を見て出席する講義を決めて単位の取得をするのだが、専門科目に基礎必修科目が機械工学科の場合八科目あり、それらをすべて二年までの間に取得しないと四年間での卒業はできない仕組みになっている。

基礎必修科目は数学、数学演習、工業数学、工業力学、工業力学演習などからなっているが、高等学校で機械科を卒業してきた者にとってはこの場合の基礎となる数学系、物理系の授業時間が少なかったこともあったようで、それらの科目の講義を受けてみると自分の遅れがよく分かった。

二郎は早速、教授の薦める書籍を手当たり次第買い求め、電車の中、会社の休み時間、家で寝る前の一定時間等で、基礎必修科目に関連した勉強をできる限り懸命にしていた。

同期に入った他の学生を見ると高等学校で普通科からきた者が殆どで、しかも全日制の有名高校から広く知られている一流会社に入社し、それから自分の仕事で必要を感じて夜間大学の機械工学科への入学を思い立ち、かなりな覚悟をして事前の受験勉強をし、都心にあって通学に便利な、この大学に入学してきた者が多いように見えた。

二郎はそうした実情を実感する中で、とにかく基礎必修科目攻略に集中して必死になっている最中だった。夏休みは絶好の時間で、勿論すべての時間をそのための勉学に当てるつもりでいた。

会社の方は今のところかなり自由に行動する時間を持て、鋳物というものについての基礎的なことから勉強をし直して、知識を深めると共に応用面での必要な本を選んで読み検討して、この工場での応用方法を考えるなどしたが、それは業務時間中に仕事として堂々とできた。

入社以来、それを現場に持ち込んで作業システムを改良、進歩させてきたところは、先ず大月専務が驚き認めてくれていた。企業に雇われた者として、やれることをやってかなりな成果を上げてきたとは、我ながら自信のような気持ちも持っていた。

「うん、そう……。先ず懸命の努力をして、会社でも学校でもやってきたことは成果を得たと思う……」

二郎は口に出していってみた。何ともいえぬ充実感を感じたが、ふと言葉に出たものがあった。

「だけど……」

言葉と共に、二郎の頭に突如として浮かんだのは由美の顔だった。

先日の義男の話が蘇った。愛子が結婚を両親から勧められている。思えば二郎と同年の女性は結婚適齢期だ。由美は更に上の年齢で、適齢期の真ん中にいるといっていい。

由美からの今年の年賀状に書いてあった。

「山田君はいよいよ卒業ね。その先どんなになるのかな？　私は新しいことに挑戦しようと思って準備中だけど……」

二郎は大学に入ろうとして受験勉強に追われていると書いた。以来、互いに連絡がなく今日まできている。

「何をしていたのだ、俺は！」

二郎は身を引き裂かれるような緊張を覚えて、思わずそう叫んでいた。

大学入学を果たした後、いかに毎日を追われるように過ごしていたといっても、葉書一枚、或いは手紙一通で、転職と共に大学入学を知らせるべきだったのだ。これでは単なる友達としか思ってない、といっているのと同じではないか。

確かに、教えてもらっていた家や、職場へ電話をしようとは何回も思ったが、電話を受ける由美の家族への思惑や、職場での由美の立場などを思ってかけそびれ、その都度、何となく先延ばしにして今日に至ってしまっていた。

二郎は由美が誰かと結婚すると考えたら、叫び出したい気持ちになった。

「困る！　困るのだ、それは……」

二郎の心の底から出てくる言葉だった。思えば二郎は自分の年齢、環境で由美のことも考えてしまっていて、知らず知らずに由美は結婚しないでいるものと思っていたのだ。だが、それは大きな間違いなのを今更ながらにして気が付いた。

「そんなこと、とっくに分かっていたことだ！」

二郎は自分に向かって吐き出すようにいうと、明日、会社の業務で外に出るが、そのとき由美の勤める市役所に寄って、とにかく由美に会おうと思った。

市役所での職場は聞いて知っていたから、とにかく会って顔を見たいと思った。

自分の社会的安定度や家族の生活状況からすると、かなり早いのは分かっているが、今なら、いや、そんなことはどうでもよいから、今、待っていて下さいといっておかなければと思った。

由美は時間(とき)が解決する、といったが、実は時間が解決する前にいわなければならない問題ではなかったのか？　と思った。そう思うと、今直ぐにでも駆け出したい気持ちになった。

四

「球状黒鉛鋳鉄やって、製品の範囲を広げ、お得意さんをもっと増やす努力をしたらと思うが、どう思う？」

朝、大月専務は事務所に出勤してくると、工業新聞を広げて読んでいたが、少しして二郎を呼ぶと真剣な面持ちでいった。

「はい、よいお考えだと思いますが……」

咄嗟に二郎はそう応えて、先日も下川先生と球状黒鉛鋳鉄について話し合ったのを思い出した。何しろそれは、この時代の鋳物についての最先端の技術といってよかったし、鋳物関係の技術者なら誰でも関心を持っていた。

「未だ遅くないと思うのだが？」

大月専務は念を押すようにいった。

「ええ、勿論。先日も、下川先生とその話をしたばかりです。試作品なら今直ぐにでも作れると話し合ったのですが……」

「そうだよな、鋳物であって鋳鋼に近い強度が出るのだから、使用範囲はぐっと広がるし、研究してみる価値は大いにある」

大月専務は満更でもない面持ちをしていった。

「でも、当面は分析室が欲しいです。今は県の工業試験所に委託して、分析や強度試験をしてもらっていますが、結果を知るのに三、四日はかかってしまうのが実情です」

「うん、そうだったな、確かに……」

「そういう状態だと、試作するとしてもいろいろ不便というか、不都合ですよね」

「まあ、当然だな。それは……」

大月専務は二郎の顔を真っ直ぐに見ていった。

「普通鋳鉄の場合でも製品の成分が正確には三、四日後でないと分からないというのは、これだけの規模の会社としては一寸まずいと……」

「そこのところは私も気にしている」

　大月専務は深く頷いていった。

「せめて、カーボンとシリコンだけでも、うちでやって即日結果が掴めれば、材質の管理は今より遥かに進むと思います」

「そうだな。でも、強度試験の方はどうする？」

「強度試験の方は、県の試験所では試験ピースを持って行くと、その場で立ち会ってやってくれることもあって、試験所に通うことさえ覚悟すれば、それほどの不便は感じていないのですが……」

「ああ、そうなの……、係の人とそれだけ親しくなっているということかな。それは素晴らしいね」

「アムスラーの万能試験機を導入するとなると、当分の間は、それほどの頻度で使用することもないでしょうから、もったいないと思います」

　二郎は言い出した手前、最近思っていたことを一通りいってしまった。

「山田君のいう通りだ。先ず分析だが、その分析を誰がするかだ？」

　大月専務は二郎の顔を窺っていった。

「分析室と装置、分析室は別として装置はそんなに値段の張るものではないと思います。分析室ができて装置が入れば、当分の間、分析そのものは私が時間をやりくりし、自分一人で片手間にでも何とかできると思います」

二郎は分析室欲しさに、つい、いい過ぎたかな？　と思わないでもなかったが、いってしまったことはもうどうにもならない。それ以上はいわず大月専務の顔を見て黙っていた。

「そう、そういうことなら早速考えよう。先ず分析室だな」

大月専務はそういうと思案顔をして腕を組み事務所を出ていった。きっと工場を一回りして、候補地を検討するのだろう、と二郎は思った。

二郎がこの工場に採用されるときもそうだったが、大月専務の行動を同じ事務所にいてそばで見ていて、大月専務が物事を決断するときの早さには驚かされることが多い。

先日だった。モールディングマシン一台の担当になっている若い従業員が、二、三日連絡不十分のままで欠勤していたことがあった。

「申し訳ありませんでした」といって、その従業員は頭を低くしてうなだれた感じで事務所に出てきたのだが、そのとき、大月専務は顔を赤くして、

「機械を一日空けると幾らの損害が出るのか分からないのか」

といって怒りをあらわにして詰問した。従業員は、妻が寝坊してとか、自分も朝になっ

て具合が悪いと感じて、とか、子供のことで小学校に呼ばれてなど、しどろもどろの感じで要領を得ない曖昧な弁解をくどくどとした。

最初のうちは彼の話に取り合っていた大月専務は、突如、決定的な怒りの言葉を口にした。

「もういい、君は首だ。もう会社にこなくていい！」

と、まさに真っ赤な顔をしていった。そして事務所にいた者すべてがシーンとして聞き耳を立てている中で、会計係の女子従業員をそばに呼ぶと、

「彼は解雇だ。彼に給料一ヶ月分払ってやって、それと、今月勤務した分は清算して払い、退職の手続きをしてやってくれ」

といったのだった。二郎は大月専務が従業員を事務所に呼びつけて、強い口調で顔を赤くして怒っている光景を何度か見ているが、その日のように激しい光景を見るのは初めてで少なからず驚いた。

そして、それが他人事ではないと感じた。思えば自分も労働組合など一切ない中小企業に勤めている、という立場は同じである。

経営者に近いところにいて始終意見交換をしているわけで、今は妻子もなく若いからよいが、将来、仕事上で意見の対立だって起こることもあるであろう。

年を重ねれば家族を持つことになる。今の従業員と事情は違うとしても、何らかの家族の都合、自分の体の状況、その他の事情で長期間会社に出てこられず、休むことだってあるかも知れない。そんなことがきっかけで、首になった従業員のような形で職を失ったら、人生のまさに悲劇である。

二郎は父が高齢で職を見付けることができず働けなくて、自分の高校進学ができずにいたあの時代の貧しさを十分に経験しているから、職の安定ということについては、誰よりもその重要さを知っているつもりだった。

この時代、川口の鋳物工場街では鋳物工場が塀一枚で区切られて隣も鋳物工場というような区域がかなりあった。そうした区域の零細工場ではキューポラも一基だけの設備で数日間鋳型の製作をして、必要数の鋳型が完成したらキューポラを操業するというシステムをとっている工場がかなりあった。

二郎が聞いた話では、景気のよい時期には隣の工場主が隣の工場で働いている従業員に、昼休みなどに声をかけ、

「明日からうちに来て働かないか？　支度金と、待遇は日給でこのくらい出すがどうか？」

等と話し掛け、条件が纏まるとその従業員は、翌日は隣の工場で働いている、といったこともときにはある。

また反対に、従業員側から仲間の縁故などを介して他所の工場主に働きかけて工場を替わるというケースもあるという。

要は雇用の関係が、その時代の景気のよい悪いによるところも大きいのだが、非常に流動的であるというのが、この街の一つの特徴といえるのかも知れない。

だから、先日の大月専務の「その場で解雇宣言」なども、この町で働いている、特に鋳物師の間では流動的な雇用関係を象徴する一つのケースであり、さして驚くに当たらないものといえるのかも知れないのだ。

二郎は勿論エンジニアとして最初から月給制で働いているし、うすうすは知りつつあったが、こうした細かいところまでこの街の慣習は詳しくは知らない。

だから、大月専務の即時解雇宣言を目前にしたことは大きな驚きであると共にショックで身につまされていろいろ考えてしまった。

二郎は自分が将来結婚したとしたら、妻子に経済的な困窮は絶対に掛けまいと思っていた。どんなときでも最低限度、親として子供に世間並みの高等教育を授ける力を持っていたいと思っていた。

父の場合のように戦争などその時代や状況で、止むを得ぬ結果として困窮に陥ってしまうことも、避けねばならないという強い思いがあった。

そのためには結婚前、そして、結婚してからも社会の情勢に精通し将来を予測し、それをベースに身を処し、経済活動を常に考えて生きていくことのできる社会人にならないと、と思っていた。

自分の今は、大学を卒業すること以外に何もなせるものはないが、できるか否かは別にしても、卒業時には一流の大企業に機械工学関係の設計技術者として就職し、一流の技術力を身につけると共に、その分野で活躍したいと、漠然としてだが思うことがあった。

それと共に、先ずはサラリーマンとして、定年までの長期勤務が可能な確固とした基盤に身を置きたいと、時々将来について考えるとき、これも漠然としたものではあるのだが、その都度脳裏に去来しているのだった。

「私がこの街で、ずっと鋳物に関わって妻子を持って生きていくとしたら、経営者の大月専務の従業員に対するあんな風な対応を見ていると、将来を通しての安定は望めないと考えておかないと……」

二郎はその日の即時解雇の現場を見て、人知れずそうした思いを、深く胸に刻みつけた。

そして、大学を卒業したときに、例えば機械設計エンジニアとして大手の一流企業に就職することができたら、とかなり具体的に将来への不安解消の道についてが胸の内をよぎるのを意識した。

五

その翌日の午後、二郎は社用で街へ出た帰りに市役所に立ち寄り、由美の職場を訪ねた。職場は直ぐに分かった。

近付くとカウンターがあり、それを挟んで客と対応している由美の横顔が見えた。それを確認した途端、二郎の胸の動悸が速くなった。二郎は由美と会ったら、話さなければならないことを、胸の内で反芻し、そしてそっと口の中で何度も復唱してきていた。

先ず、かなりの間ご無沙汰したことを詫びる。次に自分の近況を要領よくかいつまんで話す。その上で由美が、

「待っていろとも、待っているとも、お互いに勝手なことはいえない」

といっていたあのときの言葉に対して、

「待っていて下さい。私は未だ不十分極まりない男ですが、できることなら、どうしても……」

と切ない胸の内を訴えようと思っていた。そして、この最後の部分だけはどうしても、しっかりと訴えておかなければならないと思い詰めていた。

客との話が終わりそうな雰囲気で、客も由美も互いに頭を下げ合った。その瞬間、二郎

は由美に素早く近寄った。

「大橋さん！」

二郎の声はうわずっていた。

「あら！　山田君……」

こちらを向いた由美の目が驚いて丸くなった。

「ご無沙汰しました。話があってきました」

「えっ、いいわ。それ、ここで聞いていいのかしら？」

「あの……、待っていて欲しいのです。もう少し待っていて欲しいのです。勿論、できればですが、それをお願いしたくて……」

二郎はいってしまって、こういう順序でと計画してきたのが全く無駄だったと思ったが遅かった。

「えっ！　山田君……、それ、あのときのことをいっているの？」

二郎の緊張した様子に、由美は二郎の心を一瞬にして読み、顔をさっと紅潮させた。

＊

その夜、早めに大学から戻ってきた二郎を、由美が三年前に二人で話した川口駅に近いあのレストランで待っていた。

あの場で、由美がここでは話はできないからといって、他の場所でといって時間と場所をここに決めたのだった。

由美は二郎が席に着くと、

「驚いたわ！　女性にそんな重大なことをいうときには、場所とか、時間、それにムードとかも、じっくりと考えるものよ……」

と、いかにも呆れたといった顔をしていった。

「本当にそうです。私もあの後考えて、話の順序をちゃんと考えて伺ったのに、何という馬鹿かと自分でも呆れています」

二郎の言葉に由美は笑い出した。二郎もそれにつられて笑い、二人の間に和やかな空気が流れた。

「突然に伺ったりして本当に申し訳ありませんでした。というのは、実は中学校の同級生が交際している女性に、両親の勧めで他の人との結婚問題が起こって……」

二郎は由美の顔色を窺った。

「ええ、それで？」

由美の顔色には何も変化が起きなかった。

「一寸安心しました。未だ大橋先輩は健在なのだ」

「健在？　若い未婚の女性として、その言葉喜んでいいのか？　或いは魅力のない女性といわれているのか？　何といってよいのか分からないわ」

「そんな！」

二郎は由美の微かに笑いながらの、でも、一寸皮肉っぽい調子のいい方に慌てた。

「それで、大橋さんに、手遅れにならないうちにお話ししなくてはと思って……」

「そうなの、あれから私のことを想い続けてくれていたのね」

「勿論です。時間が解決するといわれたのを心の支えにして。でも、友達のケースを知り、もう遅いかも知れないと思ったりして……」

「遅いかも知れないわよ？」

由美は悪戯っぽく笑っていった。

「え！　そんな……」

二郎はそれを真面目に受け取って、一瞬、頬を強張らせた。

「冗談、冗談よ。そういうお話、ないこともないけど」

由美は笑って打ち消したが、二郎は胸の動悸が速まっているのを意識した。でも、由美は表情を元に戻し、二郎の顔を真っ直ぐに見て、

「今の時代の男女の結婚適齢期って、山田君はどう考えているの？」

　と真面目な顔をしていった。

「ラジオのニュースや新聞の記事によると、統計的には、女性が二十二、三、男性が四歳ぐらい上で二十六、七歳とかですが」

「そうなの？　随分詳しいのね」

「だって、私はいつも大橋さんのことが心にあるから、自然と……」

　二郎はこれまで、由美との間で結婚に関する言葉を出したことがなかった、と話しながら思った。だが、今、自分はその言葉を使って具体的に訴えているのだと意識し、心の内のどこか一部で、ひどく興奮するものを覚えた。

「想い続けてくれていたのが本当によく分かる。その想いって、私、今日ほどはっきりいわれたことはなかったのだけど、その後、時々考えていたのよ。だけど、それはよく考えてみると、きっとあの浅間山のあのときの事件、あれが私たちの互いの心の底に植えつけたことなのね……」

「そう、そうですか？　でも、私の気持ちは高校時代、それもかなり早くからずっと続いてきているのです」

「有難う、本当に心の底からお礼をいいたい。でも、こういうことをいい合っているときではないわね」

　由美は明るく笑っていった。

「ええ、私の希望についてお考えを聞きたいです」

　二郎は由美がきれいに化粧をして、以前から見ると何倍も美しくなり、すっかり大人になっているのを感じていた。そして、自分を以前のように優しく見てくれているのを嬉しく思った。

「私、高校に進学するのに山田君と同じに一年遅れて入学したから、高校で二年先輩だった通り、山田君より二歳年上なのよ。若し年齢が逆だったら随分楽で、これだけ想ってくれて、前途有望な青年からの言葉だから、待っている、ときっとスムースにいえると思うのよ。だけど……」

「やっぱり、婚期、それが遅れるのは？」

「遅れたっていいのよ、でも何か不安なのよ。山田君が結婚できる年齢って、幾つになるの？」

「大学卒業が二十四歳、それから働いて貯金をして結婚の基礎をしっかり作りたいと思っていますから、それに二年間必要だとして二十六歳になれば何とかと思っています」

「そうよね、結婚してしっかりした家庭を作るにはお金も必要だわ。そういう考えって頼もしいわ」

由美は二郎の顔を見て微笑み、目を細めていった。

「でもね、山田君が二十六だと私は二十八、最近の言葉だと、二十五歳過ぎから『オールドミス』などといわれて、二十八だとそうね、『おばさん』なんていわれそう」

由美は明るく楽しそうに笑っていた。

「確かに、私が考えていることは大橋先輩に大変な思い、いや、リスクとでもいうような……。でも、私は自分の生きてきた状況から、結婚したら家族には絶対に経済的な困窮という経験をさせたくないと思っているのです。その上でも大学卒業後の二年はどうしても必要だと思ってしまっていて……」

「最近では、後先見ないで学生結婚する、ということも聞くけど……でも、山田君や私たちにはそんな生き方はできない」

「やっぱり、時間が解決する、ということになるのでしょうか？　それって、堪らないのです。私の心が心配で、心配で……」

「そんなに心配してもらって、嬉しい限りだけど、現実って厳しいわね」

でも、そういう由美は相変わらず楽しそうに微笑んでいた。

「私はどうしても、結婚するときの自分の家、借家や公団のアパートでなく、土地は借地でも家はローンを組んででも自分のもので、それだけの基礎を持って結婚をと、今もそう思ってその頭金を先ず貯めてと思って貯金をしています」

「それって凄い考えね。普通の若い人が考えることではないわ」

「きっと、私のこれまでの境遇がそうさせているのだと思います」

二郎は必死だった。何とかして由美に自分の心を理解してもらいたいと思った。だが、その一部でも自分が思っているように理解してくれるとは、話しているうちに今の社会の一般的な考え方からすると、とても無理だと思った。

由美が先ほどいった、オールドミスとか、おばさんという言葉も、日常の社会人の会話の中で何度も聞いたことがある。所詮無理なことを自分はこの美しい人に頼んでいるのか？　そう考えて二郎は話の途中で黙してしまった。

「気持ち、分からないではないけれど……」

由美もそういうと口を閉ざした。

暫し、二人の間に沈黙が続いた。だが少しして、突然由美が顔を明るくしていった。

「あなたが私にそんなに拘るのも、私もあなたを忘れずに強く拘ってきたのも、それは、浅間山のあの事件からだと思うの。あの事件がきっかけで、その行為に責任を感じてしまって、昔の純な男女のように、お互いに将来までもと思い込んでしまった？　と思うときがあるの。『私たちのことは、結局は時間が解決する』というのは現代風の考え方、私たちは現代人だからそれでいいのよね。でも、私たちはあの頃とは違う。あなたは立派な一人の青年よ。将来を考え、具体的に今できる行動をしている。私は今のあなたの言葉を真摯に受け止めなくてはいけないわ」

由美はそこまでいって少し考えていたが、突然、弾かれたようにいった。

「山田君！　また夏休みに浅間山に登ろうか？　二人だけでなく、そのお友達とその彼女との四人で、お友達と彼女は危機を克服する勇気を得るかも。私たちは原点に返ってみるの。私たちの本当の気持ちを自分たちで知ることになるかも知れないと思うの」

「そうですね、すごくいい考えだと思います」

「いつまでも、時間が解決するとだけいっていても仕方ないわ」

由美はそういうと明るく笑った。確かに今のままでは、二人の心は時間が解決するというところに結局は行ってしまって、その域を出ることはない。由美のいうように二人が互いをはっきり異性として意識したのは、二郎も、あの浅間山のあの事件だったと思う。

そのときの道筋をもう一度辿ってみる、その経験をして二人の気持ちが今とどう変わるのか？　それは今できる具体的な行動として唯一のものかも知れない、と二郎は心から思った。

そして、由美の言葉と様子に二郎の心はときめいた。あれから三年、ぎらぎら焼ける太陽、真っ青な空、砂と岩ばかりの山肌、噴煙、汗、それらが脳裏に現実感を持って浮かんだ。苦しさを克服して登山を終えた後の爽快感、それを義男と愛子にも教えたいと思った。

「本当にいい考えですね。直ぐに大学は夏休みです。二人には早速話します。そして、すっかり話を纏めて大橋さんに連絡します」

二郎はすっかり興奮していった。それは由美とレストランを出るときの別れ際の言葉だった。

その後、二郎がその話を義男に話すと、義男は喜び、懸命に愛子に話し同意を取り付けた。旧盆の連休が皆に都合がよかった。計画はスムースに纏まった。最後は出発直前の日曜日に、川口駅に近いあのレストランで四人が顔合わせして、旅行の詳細を打ち合わせるだけになった。

六

キューポラから出る湯（熱で溶解した鉄）の色が今日は随分白っぽいな、温度が上がり過ぎているのでは？　と二郎は思いキューポラの操業担当に告げた。

「そのようですね……、一寸ブロワー（送風機）のバルブを絞りましょうか？」

「そうしてみて下さい」

担当が去って間もなくし、ブロワーの音が微妙に変わった。それを確かめて暫くして、二郎は最近新築して工場の二階にある、工場全体を窓から見通せる事務所の階段を上がった。

「あっ、下川先生、お出でになっていましたか？」

部屋に入ると二郎は応接の椅子に座っている下川先生を見て、帽子を脱いで挨拶した。

下川先生は事務室のガラス窓から、キューポラの前にいた二郎の動きを見ていた。

「温度が高過ぎると見て、ブロワーの風量を一寸絞ったね。私もそう思って見ていたのだ」

「ええ、あの感じだと……、温度が多少高いのはよいとしても酸化が怖くて、最近、製品にそれが原因と思われるものが出ることがあって……」

「山田君が勉強しているのがよく分かる」

下川先生は嬉しそうな顔をしていった。

「いえ、お蔭様で何とか……」

二郎は褒められてすっかり嬉しくなった。

「さっき専務から聞いたのだけど、分析室を作ることにしたんだってね」

「ええ、手配してもらっています」

「先ほど専務にも話したのですが、自動車は急速に日本の代表的産業になるでしょうね。日本でも、世界でも、コストと品質の競争がいやが上にも激しさを増すようになるから、その厳しい要請が部品メーカーにもどんどんくるのは必然で、それに負けないで対応していけるように、体制を整え準備するのは急務ですよ。ここではいろいろの問題点を一つずつ解決していて、とてもよいと思う」

下川先生はいかにも嬉しそうにいった。

「はい、おっしゃること、非常によく分かります」

二郎がそういったとき、下川先生の真面目な顔がふっと解け、

「直に会社も夏休みだけど、山田君はどう過ごすのかな？　学校の勉強は勿論だろうけれど、ときにはレクリエーションも必要でしょう」

といって笑顔を見せた。

「はい、実は浅間山に登る計画があります」

「えっ、浅間山、この暑いのに、ああいう岩と砂ばかりの山に？」

下川先生は驚いていった。

「ええ、それがまたいいのです。高校時代に経験しています。浅間山は真夏の山だと思っています。暑さと、汗、見晴らし、下山したときの爽快感が何ともいえない心地よさで……」

「ふーん、若さとはそういうものだったかな。何というか一寸その辺では聞けない、とても素晴らしい話を聞いたね……」

下川先生は驚きを通り越して、呆れたといわんばかりのいい方だったが、かなり羨ましそうな表情も顔に出していた。

▼▼▼ 其の二 ▲▲▲

一

昭和三十二年七月から翌年十二月の国際地球観測年に、日本はアメリカ、ソ連などと共に南極地域の観測を担当。前年十一月、観測船宗谷で南極に向け出発し南極オングル島に観測隊基地を設け、「昭和基地」と命名した。

そして昭和三十二年一月三十日に全隊員、及び観測船宗谷の乗組員が参列して、感激の日章旗を掲げた。

一方、「神武景気」は日米貿易摩擦を引き起こし、景気は次第に不況に転じていた。所謂「なべ底不況」の始まりであった。

電化時代といわれたが、所謂「三種の神器」の普及率は、都市部でテレビ七・八、電気洗濯機二〇・二、電気冷蔵庫二・八パーセントという程度であり、耐久消費財ブームは始まったばかりだった。

「愛子さんの今のお話で、愛子さんとご両親、皆さんのお気持ちが本当によく分かる。何といったらいいのかしら、とにかくそれぞれのお立場での考えがあって……、難しいわね。でも、人の意見は十分に聞いて、その上で最後は自分のことだから、自分の気持ちをよく確かめて、自分が決めなくてはいけないことは確かだわ……」

*

川口駅に近いあのレストランだった。四人が浅間山登山の打ち合わせを終え、お互いにすっかり打ち解けた後、愛子が義男との問題を含めた今の自分の家の事情を、自分の気持ちを整理しながらゆっくりと話し、それを丁寧に聞いた由美の発言だった。

「そう、自分の問題なのです……。今回の登山、こういう登山は初めてですから、何か心に得るところ、そういうものを経験して何かを感じられれば最高だと思っています……」

愛子は話の最後に、何か期するものがあるように、きりっとした表情を見せた。

「そう思っていてくれるのだ。よかった！　本当によかった。楽しみだな、浅間山。私たちにも新たな発見があるに違いないと思います」

二郎が義男と由美の顔を交互に見ていった。

「そうよ！　私たち若いのだから、迷ったら何かに挑戦して行動し、自分の本当の気持ちを見付けるの」

　由美は微笑んで三人の顔を一様に見てから、二郎の顔を真っ直ぐに見ていった。

「そう、そうですとも！」

　二郎は、由美の視線の強さに多少ひるんだ感じで応えたが、やっぱり由美さんは凄い、と心の底に深く感じるものがあった。

＊

　その日、登山口で遠く浅間山の噴煙を望んで、

「あそこまで行くのね、標高二千五百以上、こんな山に初めて登山ができて、本当に大丈夫かしら」

　愛子が誰ともなくいったが、声が生き生きと弾んでいた。

　登り始めは四人が一列になり、話しながら登ったが、次第に口数が少なくなり、相前後しだして互いの距離が開くと待ち合わせしながら登った。

　見上げながら、かなり登ってあれが頂上と思えるところが遥か上方にあって、そこに山の線と青空が接している。

　互いに顔を見合わせて、もう少し頑張ればあそこまで、と目と目を交わし励まし合って

登って行き、その辺りに行くと更に遥か上に、同じように山の線と青空が接しているところが見える。

何度も同じことを繰り返して登って行ったが、突然、義男が神妙な声を出していった。

「行けども、行けどもって、こういうことでしょうね。何か、多くの人から聞いた、人生とは、ということを思い起こしますね……」

「えっ、そうね。人生って詳しくは分からないけど、きっとこういう風だわ、確かに……」

由美が笑いながら応えると、一同が顔を見合わせて笑い合った。

「今、私の人生もこの辺りを登っているのかな?」

二郎が独り言のようにいうと、

「いや、山田はもっと上の方にいるよ、俺と愛子さんがこの辺りとすると」

義男が愛子の顔を見ていった。

「そう、山田さんはもう頂上の近くまで行っていると思うわ」

愛子が義男の言葉に合わせていった。

「やっぱり仲がよいのね。お二人さん」

由美が二人を交互に見て笑った。

「いや、そうではなくて、昔と違って今の山田さんは、私たちから見るとそう見えるのです」

愛子が頬を赤く染めていった。

四人はそこで立ち止まり、登ってきた遥かな道を振り返った。もう、かなりの高さにきていることは確かだ。遠い山々の峰もよく眺められ壮観だ。

それからまた四人は今までと同じことを繰り返し、更に暫く登って行くと、道は次第に踏んでも足元が柔らかくて、しっかりと定まらない状態になり、頂上の近いのを窺わせる状況になってきた。

「もう直ぐです。頑張りましょう」

二郎と由美は、初めての登山の義男と愛子に努めて声をかけたが、二人は声が出なくなって頷くだけで、休み休みの状態を続けていた。

だが、暫くして山頂に出た。鋭く鼻を突く噴煙と、急に猛烈に強く聞こえるようになった轟く音に、愛子は大変なところにきた、と感じたのか夢中で隣の義男の手をしっかりと握り締めていた。

四人で火口まで互いに手をつないで歩き、四人並んで火口を覗き込んで息を詰めた。赤い部分は溶岩だろう、そこから白い煙が噴出している。黄色い部分もあり、硫黄を思わせる。青く広がっている部分は何だろうか？　少しして二郎は義男と愛子を見ていった。

「三年前、私たちはこの火口を一回りして、それをお鉢回りというけど、それをして下山したんです。そのとき、大勢いた他のメンバーは未だここまできていなくて、たまたまいた二人だけで決断して実行しました」

「凄い！　さすがですね」

愛子が義男の顔を覗き込み、そして、目の前に広がる火口を見ていった。火口の向こう側にはすでにお鉢回りをしている二、三のグループが小さく見える。

「どうします？　やってみますか……、またくるのも大変だし」

義男が愛子の顔をそっと窺うようにしていった。

愛子は暫しの沈黙の後、

「やってみたい。またくることもないでしょうし、きた記念になるから……」

と、微かに声を震わせていった。

「私たちはどうします？」

二郎は由美を見ていった。

「二人だけで回った方がいい。私たちは前に二人だけで回ったし、それですごくスリルがあったわ。私たちはきた道をゆっくり下山しながら、途中でお二人を待って合流することにしましょう」

　由美は義男と愛子の顔を見ながら、悪戯っぽく笑っていった。

「えっ！　二人だけで？」

　愛子は一瞬驚きの目をしていったが、義男は愛子の手を取ると二、三度大きく振っていった。

「大丈夫！　回っている人が見えるし心配はない。何か二人で事業をするようでわくわくする」

「そうね、確かにわくわくするわ……」

　愛子の顔が綻んだ。

「火口だけでなく遠くの眺めも素晴らしいから、時々そちらにも目を移してゆっくり回った方がいい。南北のアルプス、奥秩父、八ヶ岳、白根も見える……」

　二郎が声をかけたのを背に、二人は手を握り合って歩き出した。

二

二郎と由美は二人が火口の先端を歩いて行くのを暫く見つめて確認し、元きた道を歩き出したが、直ぐに由美がいった。

「あの二人、きっと今の窮状を乗り切るわ。愛子さんが二人だけでお鉢回りするといったもの、しっかりしている証明だと思う」

「大橋さんも、しっかりしていたわけだ。三年前、一緒にお鉢回りすると自分の意志でいって回ったから」

二郎が笑いながらいった。

「駄目よ！　大切なところだから茶化さないで……、そう思えない？　二人のさっきの様子を見ていて」

「確かに！　この問題は愛子さんの意志の強さがどうか？　ということだと思うから」

「お鉢回りして、きっと、もっと意志は強固になると思うわ」

二人は三年前の自分たちを思い出して思わず笑い合った。自分たちはどうだったのか？と二人それぞれに思ったのだった。

「私、四月から通信教育の大学生になったの。もう少し勉強したいし、高校の先生になる資格が取れたら最高と思っている」

由美が、二郎の顔を見つめてふっといった。

「それは凄い、何の先生ですか？　何を専攻するのですか？」

「文学部よ。英文学もやりたいけど、時間がないわ。仕事をしながら、外国語を今からものにするって大変でしょ。とりあえず小説を読むのが好きだから、日本文学を読む延長として勉強したいと思っている」

「いいですね。自分の趣味と勉強の方向が初めから一致しているなんて……」

二郎は少し考えてから、由美の顔を見ていかにも羨ましそうにいった。

「私の場合、とにかく中学を卒業すると直ぐにプレス工場に勤めて、そこから定時制の高校に進学したいと計画し、会社の思惑も考えて機械科しかないと思って進学の方向が決まってしまったのですが、でも、それはそれでよかったかな？　と今では考えています」

二郎はじっと聞いてくれている由美の顔を窺った。頬にハンカチをあてがい、浅間の噴煙を遠く見ている横顔は落ち着いていて美しい。

「お金があって好きな方向に進めるのだったら、工学関係には行かなかったと思えるのです。食べるにこと欠くと思っても、文学関係に進んで小説家を志したかも知れません」

「えっ、そうだったの。全然知らなかった……」

由美は目を丸くして二郎の顔を見て、いかにも驚いたという様子だ。

「教職課程については知っています。大学を卒業した他に教職の単位を取るのですね。中学の一級、高校の二級の教諭の免許が貰える」

二郎は目を輝かしていい、更に言葉を続けた。

「いいですね。大橋さんが教壇に立つ姿ってすごく似合う気がする。そうか……そうだったのですか？　新しいことに挑戦と年賀状に書いてありましたが、何かな？　と思っていたのです。頑張って下さい、私も期待しています」

二郎は何事につけても前向きな由美の姿勢が心に蘇ってすっかり嬉しくなっていった。

大分下ってきて、二郎は立ち止まると岩角の一つに腰を下ろし辺りを見回した。由美も二郎のそばにきて別の岩角に腰を下ろした。一面の砂と岩で遥か彼方を見ても人影はなく、上に目をやると真っ青な空と山が接する遥か先に、浅間山の頂上から噴出する白い噴煙がゆっくりと風に乗りたなびいているのが見える。

「この辺りだったでしょうか？　この前きたとき大橋さんが岩の一角に立ち止まり、つば広の帽子を脱いで山頂を眺めながら、ゆっくりと両腕や顔の汗を拭ったのは」

二郎は緊張した面持ちでいった。

「そうね、この辺りだったと思う。そして私は下にいたあなたに向かって下りて行って躓いたのね……」

由美はふーっと息を吐くと、微かに頬を赤く綻ばせて二郎の顔をじっと見た。二人の脳裏に三年前の記憶が鮮明に蘇った。

「あの躓きで私たち、互いに異性を確認したのね。そう、恋というものも芽生えたのかも……」

由美は浅間山の噴煙を仰ぎ見ながら、冷静な面持ちを取り戻していった。

「いや！　私の場合はそれ以前から、きっと……」

「そう、そうだったの？　私もそうだった。……かな？」

由美は、今度は微笑しながら二郎を見ていい、更に言葉を続けた。

「でも凄いわ！　あれがきっかけで、今では私たち結婚の話までしているのよ」

「確かに！　ああいうことがあったら結婚するものだ、と心の底で思い込んでいた、というか……」

二郎はそういいながら、今の由美が非常に冷静で客観的に当時を思い起こす広い心を持っている、と意識していた。

「山に登りながら考えたけど、私たち、もっと広い心を持たないといけないわ。柔軟に人生のいろいろも考えて……」

「おっしゃる通り、私もそう思いました。ここにくる前、年齢をあんなに突き詰めて悩んだりしたけれど、ここにきて、空は広いし世の中も広い。もっと柔軟に将来を考えながら生きなくては、と……」

二郎は由美の微笑が笑顔に変わるのを見た。

「お互いここにきてよかったわね」

由美はそういうと右手を差し出し、「今日は握手、これからもよろしく」といって顔いっぱいに笑った。二郎は両手で由美の右手をしっかりと握って、

「私こそよろしく」といったが、目頭が熱くなるのを覚え、由美の顔が潤んで見えた。

少しして二人が揃って浅間山の噴煙を仰いだとき、山と青空が接しているところから、ぽつんと二つの人影が飛び出してくるのが見えた。

「あっ、義男と愛子さん」

二郎がいった。

「やったのね！　よかったわ……二人」

由美はそういうと目頭にハンカチを当てた。そして、二郎と由美は、もう一度互いの汗を感じ合いながら両手で強い握手を交わしていた。

＊

四人が合流しての登山の帰りだった。二郎と義男、由美と愛子、男は男同士、女は女同士でそれぞれ話し込む機会が多かった。

それぞれが別れる間際になって、由美が二郎にそっと訊いた。

「二人、お鉢回りしてどうだったのかしら？　互いの心境の変化とか、なかったのかしら？」

「愛子さん何もいわなかったのですか？」

「女同士だと、彼と二人の話をきちんと話すことには、拘りとか見栄のようなものが出てきて、なかなか二人の核心についての話にはならないのよ。余計な話ばかりになってしまって……」

「実は私も驚いたのですが、愛子さんに持ち込まれている結婚の話も、義男と愛子さんの関係も、世の中広いのだし、もっとゆっくり柔軟に考えよう、ということになったと義男はいっていました」

「ええっ、凄い！　ここにきたために考えがそこまで進んだのかしら？」

「愛子さんが目を開いたのだと思います。広い世界に生きている自分たちを意識して、結婚ということを考えれば、世にいろいろの人がいることも知った上で、お相手を選びたいと思っても不思議はないです」

「驚いた！　それって私たちが考えたのとかなり似ているようにも思えるけど」

「そう、そうなのですか？　私には多少異論はありますけど、でも、それはそれとして、愛子さんは結婚するまでに、世の中をもっと知りたいから一度外に出て働いてみたい、とまでいったそうです」

「本当？　どういったらいいのかしら」

「義男はそれを理解しながらも、かなりがっくりきているように見えます」

「そうなの？　この登山、二人の人生観にすごく影響、いや、極めてよい方向にいって、勉強になったということかしら……」

由美はそういうと、遥か遠くを見つめるような目をし、暫し物思いに沈んだのだった。

三

二郎が三月一日に大月鋳造に入社した年も残り少なくなって、夏が過ぎ秋の気配を感じるようになっていた。

よく晴れて気持ちのよい朝だった。何回も街の病院に入退院を繰り返し、その後は家で時々医師の往診を受け、母の看病で大方は床に就いていた父が、起きていて縁側で朝日を浴びていた。

ときに機会を得て二郎が母から聞く話では、持病の悪質の痔で手術を繰り返した結果、両足に向かう血液の循環とかいろいろ悪い症状を併発し、食事をするにも排便するときの難渋さが気になって、食事をすること自体に精神的ストレスを感じたりして、食があまり進まないというような状況だと。その他いろいろな面でもよい方向へ向かわないとの話だった。

それで、頼ってはいるけれど、近くの病院の医師たちでは、どうにもならない状況になっている、と母はいっていつもこの話の最後に涙ぐんだ。

二郎は、朝は早く家を出たし、夜は帰宅が遅かったから、いつもは床に就いている父の顔を、朝見るのは久しぶりで、瞬間、随分痩せたようだと思った。

出勤の自転車のハンドルを手に、家から出ようとしていた二郎だが、父と目が合うと何か、互いの感情に交流するものがあった。

「お父さん、もう街の病院でなくて、きちんとした東京の大病院で診てもらって、本格的な治療を受けた方がいいと思うけど。身体のことだし誰に気兼ねなくそうしたら……」

二郎は、日頃思っていたところを素直にいった。

「えっ、そういったって……」

二郎は父の顔に、一瞬、困ったというような表情を見たと思った。

「費用のことは、家族なのだから皆で働いて何とかする。それよりないじゃない、その点は心配しなくてもいいと思うけど」

二郎は、そういったときに父が泣き出しそうな顔をしたのに驚いた。

「それで、治る余地があるのならいいのだが……」

父は掠れた声でいい、微かに笑った。そして、二郎のいった意見には頓着なく、

「おまえはもう大丈夫だな。高校を出て新しい職場も、大学通学も軌道に乗っているようだし、後は兄さんと妹たちだが、皆で助け合って頑張ってくれよ……」

といって、今度は努めてそうしたのか明るい顔をして笑った。

「そうだよね、皆で頑張るよりないよ。お父さんもそうだよ……」

二郎はそういうと父に笑いかけながら、踏んでいたペダルに力を入れて家を出た。

＊

十月五日だった。二郎は大学の第二外語で選択していたドイツ語の中間テストがあった。それが終わっての帰宅で星がきれいに見える夜だった。

家に着いたのは十一時半を過ぎていた。自転車を押して家の垣を入ると、妙に静かで家の中も暗く、何か様子が変なのに気が付いた。普段の夜なら、もう床に入っているはずの妹二人が、待ち兼ねていたのか揃って出てきて、

「お父さんが亡くなったの……」

と涙声でいった。

「えっ！　本当に？　何時頃？」

「大分前、具合悪くなって、お医者さんにきてもらって診ていただいていたのだけれど……。お医者さんさっき帰ったばかり」

「そうか……、あのときそんなに悪かったのか？」

食事ができなくて体力的に衰弱して……、或いは癌だったのでは？……

二郎は、暫く前に父と交わした会話を思い出し、あのとき、自分がいった言葉は単なる慰めの言葉にしか過ぎなかったのだと思った。

父は自分の生の尽きるところをすでに知っていたのであろう。それを知っていたら、自分はもっと違った言葉が言えただろうし、そういう態度もきっと取っていたに違いなかっ

ただろうに……。

二郎はそう思いながら、あの日に、自分では本当に心の奥で微かに感じていたことを、今この瞬間に鋭い刃を突きつけられたような感覚で、鮮明に思い出しながら妹二人と家に入った。

＊

父が亡くなって、二郎は毎年父宛の年賀状にこまごまとした近況を書いてきてくれていた、父の古い東京の友人の何人かに父の死を知らせた。

父の葬儀はその方たちと身内の者、近所の人たち数人でひっそりと自宅で行われた。父の菩提寺は東京の芝にあったが火葬場はこの地区から一番近い、埼玉県の戸田になった。

二郎は兄と二人で、父が火葬に付されている間に、葬儀場の裏手にある土手に上ってみた。火葬場の煙突からは白い煙がうっすらと立ち昇っていた。

「あの白い煙の中の一部は、お父さんの身体のものなのだよ……」

兄からとも、二郎からともなく、そんな言葉が出て二人とも目頭に手を当ててハンカチで涙を拭いた。

命のはかなさ、晩年の父への不憫さが痛いほど胸を締め付け、涙はとめどなく出てきて、ハンカチは直ぐに涙に濡れてびっしょりとなった。

思えば、父は第二次世界大戦では、直接戦場に出るというようなことはなかったが、戦争の被害者であることは確かだと思った。

それは二郎が物心ついて以来見てきた父の姿で、社会の変化について行くことができず、窮乏に締め付けられながらも、自分の年齢、病気を押して懸命に社会に出ようと努力し、思うに任せぬ中で一家をリードしようとしていた姿だった。

そして人は皆、その努力、世の中での運に拘らず最後には、あんな風に煙になって終わるのだ、というこのときの涙の中で抱いた切ない感慨を、二郎はその後、時々思い起こした。

二郎が父の死によってどのくらい会社と学校を休んだか、それについて二郎には確たる記憶がない。二日だったか、三日だったか、或いは四日だったか、思い出すにも定かではない。かなり気が動転し緊張して過ごしていたのだろう。恐らくは三日間前後と思うだけだ。

だが、父の葬儀が終わって会社に出勤した朝、大月専務や顔を合わせた多くの人々から、お悔やみをいわれると共に、「もう出てきて大丈夫なのか?」といわれたのを覚えている。

「ええ、大丈夫です。母が割合にしっかりしていて、それで安心して出てこられました」

というような、返事をしたのも記憶にある。

実際、母は父の死によってそれほど気を落としたという風には見えなかった。それは長い看病をしているうちに、すでに覚悟ができていたからだろう、と二郎は思ったものだ。

「大丈夫よ、私にはおまえたちがいるし、私だって未だ未だ元気なのだから……」

母はそういって葬儀が終わった後のその日、いつにないほっとした様子で、笑い顔で二郎の出勤を見送ってくれた。それは二郎にとって、その後いつまでも残る印象的な出来事だった。

二郎は父の死について、義男や愛子に連絡しなかったし、勿論、由美にもしなかった。父の死は家族、親族の関係は別として、戦前父が盛んだった頃に、長い期間お付き合いをしていた僅か数人の縁故者以外には、何か深い絆を思わせるような人の弔問はなく、寂しくひっそりと終わった。

四

会社ではいつもの仕事が始まった。二郎は、休んでいた間の状況の変化を把握するのに懸命になった。あれこれとせっかく軌道に乗っていたことが管理不十分であわやという情況を呈しているのが見受けられた。

「よかった！　これ以上休んでいたら元に戻すのが大変だった」

二郎は工場を一巡しそれぞれの部門の工員と折衝して誰にいうでもなく呟いた。あれやこれやと手を尽くしているうちに一日の時間の過ぎるのが極端に早かった。

この数日間に鋳造した製品の材質分析も時間の合間を見て行った。まあ、この程度なら、と思われるのが救いだった。

そんなことをしていると、どうしても会社の退社時間が三十分も、ときには一時間も遅くなりがちになってしまった。

「学校の方に、ついて行けなくなってしまう。私の第一の目的は、今は、やっぱり学校だけど……」

二郎はそう呟きながら急いで着替えをして、退社する日が多くなった。

そんな二郎の状況を見かねてか？　或いは将来の会社の発展計画を考えているからか？

或る日のこと、大月専務は二郎と話している途中にふといった。

「誰か、鋳物の分野でこれはと思う優れた技術者はいないかな？　君の知り合いではどうだろうか？」

「えっ、そうおっしゃられても、突然で。その人、今どこかの会社に勤めていてもいいのですか？」

「勿論だよ、とりあえずは君も気が付いてはいるだろうけど、会社の拡大には技術的な面の知識を持っている人がもっともっと必要なのだ」

「というと、設備を新しくし生産量を拡大するのは、私が推測していた図面上の計画だけではなくて、もう現実の段階ですか？」

「そう、分かっていると思っていたけど、君には工場敷地の状況とか、設備の配置とかを、最近までに何枚もの青図にしてもらっているが、自動車の部品工場としては親会社の要望に沿わざるを得ないのだよ。自動車産業自体がそういうときの流れに従わなければいけなくなっている」

「設備の大幅な改新、拡大ですか？」

「そう、湯を運ぶのも今の手運びでなくて、工場を一周するモノレールを作ってそれで運ぶとか……」

「湯の方を工場一周させるのですね」

「キューポラの開栓も一回ずつ職人の手で行わずに、前炉をつけてそこに湯を溜め、前炉から自由に取り出せるようにするとか、とにかく効率を上げることを考えないと……」

「それで、そういうことを進めるために技術者が緊急に必要というわけですか？」

「まあ、いってみればそうなのだけど」

大月専務は、微笑して一寸いい難いことをいったという表情をしたが、どうだろうか？といって二郎の顔を窺った。

「そうですね。そういうお話だと私と同じ大学を何年か前に卒業した先輩で、県の鋳物工業試験場に鋳物の研究で、よくこられている方がいます。詳しいことは訊いていないのですが、時々会うとあれこれ話をします。連絡先も聞いて知っていますけれど……」

「うん、その方どうなの？」

「あの方は学校卒業以来鋳物に関わり合って、仕事への熱意は素晴らしいと思うのですが、Nピストンリングに勤めていて、今の仕事にも情熱を持っているようです」

「Nピストンリングなら世にいう一流会社だな？　難しいかな？」

「若し、会社を変わる勧誘などしたら、殴られそうな気もしないではないですが……」

「今の仕事に情熱を持って働いているとなると、一寸無理かな？」

「彼でないとすると、高校の工業の先生だった方がいます。私はすごく尊敬していました。鋳物に関わる基礎的なことといったら、高校時代はその先生に教わったことがとても多かったと思います」

「ほう、そういう方も知っているの？」

「県の鋳物工業試験場に勤めていて、夜は学校に来て教えて下さっていた方ですから」

「そういう方？　で、年齢は？」

「田中先生といって、私はかなり目をかけていただいたと思います。年齢はかなりかと……。もう県では定年を迎えるかも知れません」

「それはいい。定年の後、この会社にご尽力いただければ……」

大月専務はそういうと、いい話を聞いた、という顔で笑顔を見せた。

「あの先生なら、試験場に電話をしてお話をすることはできますけど」

「君が尊敬している、というほどの方だから私もその方に尽力いただけるかは別として、一度お会いしてお話を伺ってみたいと思うけど、どうかな？」

大月専務は相変わらず結論が早い。そういって二郎の顔を微笑して窺った。

「お話ししてみます。会社の専務に、先生を私が鋳物について尊敬している人と話したら、専務が一度お会いして、鋳物の技術や今後のこの世界の発展について、是非お話を伺いたい、といわれた……と話しますけど？」

二郎はそういって専務の顔を窺った。

「うん、それでいいよ。後はいろいろお話しした上でのことということだ」

「はい、では近いうちに」

二郎は専務の話に乗せられてしまったかな？　と思わぬでもなかったが、田中先生に専務と二人で、久しぶりにお会いする、ということは決して気の進まぬ話ではなかった。

＊

年が明けて昭和三十三年一月の半ば、川口市の中心部の料亭だった。大月専務が田中先生を招待するという形で、二郎を含めて三人の席を設けた。

料亭に先に着いたのは大月専務と二郎だった。

「お客様は未だお着きになっていませんが……」

専務とは馴染みの感じの中年の仲居さんが、専務に腰を低くしていうと、

「先に席に着き、お待ちすることにする」

専務の言葉で仲居さんは二人を部屋に案内した。部屋の入口に三畳間があってその奥に座敷があった。座敷の奥の中央に床の間があって、二郎には立派なとしか見えない掛け軸が掛かっていた。

「君はそこ、僕はここだ」

専務はそういうと二郎に部屋の入口に近い席を示し、その反対側の席にテーブルを挟ん

で座った。床の間の前の席が残った。

「お客さんをお呼びしたような場合、座る席には序列がある。今は序列に従って席を決めたわけだ。今後、何かそういう機会があるかも知れないから、覚えておいた方がいい」

専務は笑いながらいった。

「社長の親父に代わって、初めてお客さんを招待したとき、自分が床の間を前に座ってしまったのだ。仲居とも顔馴染みがないと気を遣ってくれないからな。とにかく、雰囲気が変だと思っていて、後で何故かと分かって、えらい恥ずかしい思いをしたよ」

「はあ……、教えていただいて本当によかったです。知らないと私も同じことをしそうです」

二郎がそういって専務に頭を下げたとき、仲居が「お客様、お見えになりました」といって、田中先生を案内して部屋に入ってきて、入口の畳に手をついた。

田中先生は床の間の席に案内されると、「あれっ、私がこんな席に座っていいのかな?」と笑い顔でいいながら、専務の態度を見て物怖じすることなく席に着いた。

「いやー、山田君がお世話になって、活躍させていただいている様子、聞かせていただいていますが本当に有難うございます」

先に畳に手をつき大月専務に挨拶したのは田中先生だった。

「いや、そちらこそ、いい人材を送っていただいて感謝しています」

二郎にとっては勿論、儀礼としての両者の挨拶の交換と分かっているのだが、とても嬉しく感じられた。

「まあビールで乾杯いたしましょうか?」

初対面の挨拶が終わると、大月専務の一言で宴席が開かれ、少しすると飲み物もビールから日本酒へと変わった。

技術者同士の互いの鋳物に関しての関心事、知識や経験、日頃の思いを中心に熱のこもった対話が始まり、いつ果てるのかと思われるほど続いた。

二郎は主に二人が杯を交換しながら夢中で話すのを、間に入って頷きながら聞く役となって、大方の話は耳に入れたが、聞き取れぬところもかなりあった。

五

田中先生と、大月専務の料亭での懇談が行われた翌日の朝だった。工場の各部署の責任者が集まっての会議が行われた後、「山田君、一寸残ってくれ」と、大月専務から声がかかった。専務は昨日の田中先生との懇談に、それぞれの意見を話し合って協議したいという雰囲気だった。

「山田君どうだい？　あの先生、結局の話、うちにきてくれるかな？」

「私より、専務、専務が殆どキューポラとか、モールディングマシンとか、自動車産業の将来とか、工場の改新、拡大とか、かなり熱中してお話を交換されていたようで、その中で今のご質問については何かを感じられている様子……と思っていましたけど」

「でも、君も話は一通り聞いていたのだろ？」

「ええ、そうなのですが……。実は私にはお二人のお話で聞き取れぬところがかなりあって、また、ぼやっとしていたところもあって、申し訳ありませんでした。でも、それでもお話には頷いていました」

「そういわれると、二人で夢中になって話していたから君の割り込む隙がなくて、私こそ面目ない気もするな。実は先生の定年後のこと、そこのところを話題にするのを、意識しなかったというか忘れていた」

「はあ……、やっぱりそうでしたか」

「結局、会社や川口の鋳物の将来とか、技術的なことばかり話し合って終わってしまった」

「ええ、随分熱心にお話しされていました」

「でも、話の途中だったけど、『川口の鋳物は小規模の会社ばかり。少なくとも中規模以上の会社が大半にならないと、技術でも経済でもばらばらな足の引っ張り合いで、大きな工業都市としての纏まった発展は望めません』といわれ胸が痛かったよ。あの方は単なる鋳物の技術者でなく、経済や経営をお考えになっている立派な方だと思い知ったよ」

「でしたら、先生の定年後のこととかは、そのときにお話に出せばよかったのですね」

「うーん、確かに。でも、定年後のことについて一寸は訊いたけど……、あの方、定年は確かに直ぐなのだけど、これからに希望があるといってね」

「何か先生にはお考えがあるのですか？」

「要するに、大学の非常勤講師の口が数件、専門学校の先生の話もあるといっていたように思う」

「えっ、それでは、どうにもならない、ということですか？……」

「そう簡単にいうなよ」

「どういうことですか？」

「大月鋳造にきてくれませんか？　とはいわなかった。ご返事もあるわけがない。よく考えてみると、つい、いいそびれたのか？　或いは酒で忘れたのか？　というように思えるのだ」

「はあ、そういうことだったのですか……」

「でも、こちらは川口では一流だ。日本でも最大手の一つであるN自動車の鋳物部品を、部品の種類によっては一手に引き受けている。待遇もそれなりに大学の講師以上のものを勿論考えるつもりだ」

「確かに！　先生にとっていいお話のはずですね。でも、そのお話をするのが私では半端です。先生は真面目に考えないかも知れません。先生には専務が直接話すべきだと思います。そうしないと誠意が伝わらないと思います」

「誠意か、それはある。確かにそうだな……」

大月専務はそういうと、一寸意識してか微笑んだ顔を見せたが、

「近いうちに電話をしてお訪ねするとか、お会いすることを考えるよ」

といったときは、かなり厳しい目をしていた。

＊

二郎は仕事で時々外に出られるとき、一般市民を装い、ふっと由美の職場に顔を出していた。

何もいうことはなかった。顔を見て笑顔を送り合う、ということだけで二郎は幸せだった。それ以上にして由美と会話を交わすなど、由美の職場での立場を考えて控えねばならないと考えてもいた。

未だ二、三回だったが、そんなことがあっての一日だった。由美が素早く二郎に近付くと微笑していった。

「山田君、きてもらってお顔を見られて嬉しいけど、覗くだけでなくて、ときには正式なデートに誘いたいとは思わない？　私には何の注文もないから、どこでもいいのよ」

「えっ、というと……」

瞬間、二郎は戸惑った。でも、由美がいうのは当然のこと、と直ぐ理解できた。

「ええ、喜んで、嬉しいです。よく考えてきます」

二郎の顔は自然に綻んだ。由美はそれを見て、にっこり笑い、すっと仕事場の来客の方に去っていった。

残された二郎は、急に大人になった由美を感じると共に、自分がいかに遅れているかを自覚した。由美は大人の世界に生きているのに、自分は大学生といっても、高校時代を抜け出していないのだ。恥ずかしいと思った。

二郎は世の青年たちがしているように、自分も絶対に由美をそういうデートに誘おうと思った。でも、世の青年の多くがするように、映画や観劇、音楽会に誘うのではありふれていると思った。

それよりも二郎にはその交際についての知識が、殆どないというのも確かだ。それと、自分と由美のこれまでの関係から見たら、世間並みなデートをすることは、取ってつけたようで、自分の気持ちにはぴったりこない。

散々考えて思い悩んだ末に、二郎は由美を自分の大学にきてもらって内部を紹介すると共に、大した献立はないが学生食堂で食事をしてもらうのはどうか？　という考えに到達した。

「これはいい。自分らしくて由美さんも喜んでくれるに違いない」

そう呟いて二郎は確信した。だが、由美に大学にきてもらうとなれば、催しものもあり、多数の若い人が大学に訪れる五月の学園祭のときがいい。自分も二年に進級し、基礎必修科目の八科目も全部クリアーし晴れ晴れとしている頃だろう、と考えた。

大勢の若い男女の中で由美さんは光る。自分も誇らしくとても楽しい日になるに違いないと思った。だが五月というのは一寸先があり過ぎる。

「そうだ！　その前に一度、川口駅に近いあのレストランに誘って、そのときは一人の大人の男性として、振舞う。そう、ホスト役で食事をしてもらう」

二郎は心の内でつぶやいて納得した。そして、そこで学園祭の話と自分の大学でのありようを寛いだ雰囲気の中でゆっくり話す。

由美さんも通信教育の大学生として、きっと興味を持ってくれるに違いない。それから、そこで学園祭当日の待ち合わせ時間とか待ち合わせ場所を決めよう。

ここまで考えて二郎は一つの結論を出したと考えて気持ちは落ち着いた。

そして、大学の期末試験に向けての備えにこれまで以上に懸命になった。とにかく、四年間で大学を卒業するには基礎必修科目八科目の単位をクリアーしなければならない。大学の二年までの間にクリアーすればよいのだが、二郎は二年の一年は万一の予備の期間として、今、八科目のすべての授業を受けている。何としても一年生の間に、八科目すべてに合格しておきたかった。

由美をあのレストランに誘うことは常に念頭にあったが、期末試験が余裕のない目前の問題としてより強く心の自由を束縛し、日々の行動もそれが主体とならざるを得なかった。

「期末試験にけりがついたら、由美さんにはその旨を伝えよう」

二郎は由美のことを考えるとき、そう心の中でいってその都度、気持ちを抑えた。

それと、大月鋳造での自分の立場が急速に重要になっているのに気が付き始め、それに心を大きく縛られるようにもなってきていた。

午後四時半には退社し通学してよいことになっていたが、工場の実態はその後一時間余りは繁忙を極め、二郎の退社時間は、工場のいわば最も活況を呈する時間帯だった。

キューポラは勿論それ以前に湯を出していたし、その状況の監視を続けたい。監視の目を離すのが何とも心残りである。キューポラの操業担当者からは、何かと相談を持ちかけられるようになっていたのだ。

肌砂の混合、製作担当者からは、現場の工員が鋳型の製作での扱いやすさから、水分量や添加剤のベントナイト等を加減するよう要求されて、これも困って相談にきたりしていた。

いずれのケースも一寸間違えた管理をすると、翌日出来上がった製品の、不良品発生率に大きく影響して臍を噛むことになった。それで、何とか時間の許す限り相談に乗り、事後を調整して大学に向かうが、後ろ髪を引かれるような気持ちで退社する日が多々できてきていた。

「でも、一年で基礎必修科目の単位を全部取りさえすれば、後は日によっては工場の仕事にもう少し時間を割いて工場に残って……、そうしても四年で卒業する目安はかなり確かなものになる」

二郎は西川口駅のホームで新宿方面の電車を待つ間、とにかく工場を出てきたことで半ばほっとし、自然と目は出てきた工場の方向を見て、心の内でそう呟く日が多くなっていた。

由美との連絡が取れないままに、学年期末試験の時期がきた。

各科目の試験の日程、教室は、学校側で定めて掲示される。二郎はその日には絶対に遅れたりしないように、工場では朝から気を遣った。

工場の各部門にも、その時間を念頭にして折衝するようにし、規定の時間に工場を離れられるように一日の仕事を計画的に過ごした。

一科目ごとに学年期末試験は終わり、二月から三月にかけてすべての科目は修了した。

「まあ、何とかすべてクリアーしただろうか？」

二郎が、基礎必修科目での最後の科目の試験を終わって抱いた気持ちだった。ほっとした気持ちと、何か虚脱感を伴った感覚を抱いて、新宿駅から池袋に向かう国電のつり革にぶら下がっていた。

六

四月の新学期に入る前、成績表を教務課で貰った。

「え！　これは……」

成績表を開いて、思わず出た言葉だった。各科目の単位の認定は成績の上位から順に、優、良、可、不可で表示される成績の判定で分かる。

可までは単位を認定されていることになる。だが、不可は不可であって、単位を認定しないということだ。もう一年勉強して試験を受けて下さい、という意味でもある。

二郎は更にそれを一通り見直して、暫し声が出なかった。

「基礎必修科目……、数学演習と工業力学演習、二科目も不可なんて、参った……」

思わず言葉に出し頭に手をやっていた。周りには誰もいなかったが、成績表を渡してくれた教務課の若い女性職員がカウンター越しに聞いていた。

その女性職員は二郎と目が合うといった。

「未だ一年生でしょ。もう一年の間にその単位を取れば、何も問題はないですよ」

女性は、少し肌が焼けて色の黒い感じだが、よく発達した体つきの背の高い女性だった。年齢は明らかに二郎より幾つも若い。

「でも、実は僕にとっては大変な……」

二郎はそこで気が付いた。今、この女性に慰められてもどうにもなることではない。そこで、二郎は無理に笑顔を作るといった。

「慰めてくれて有難う。ところで、一年で基礎必修科目を落とす人って他にもいるのですか？　どのくらいいるのでしょうか？」

「さあ？　私は未だ経験が浅くて、そういう細かいところまでは……。でも、卒業にどれだけの単位が必要かとか、基礎必修科目の意味とかは勉強しています」

「教務課で、そうしたことの統計などは取っていないのですか？」

「さあ？　でも、先輩の方々からお聞きしているところでは、二部（夜間）の場合、単位不足で入学時の三、四割くらいの学生さんしか規定の四年では卒業していないとかは聞いたことがあります。あら……ごめんなさい。こんな余計なお話をして……」

「ああ、そうですか……。どうもすみません、いろいろお訊きして」

「いいえ、私の方こそ、お尋ねの核心にはお答えできなくて……」

二郎はここまでだな、と思った。卒業に必要な単位については自分の方が当事者だから十分知っているのだ。

でも、この女性と話ができたお蔭で、自分の現実を知って狼狽した一時の気持ちが、かなり収まったのを意識していた。

「どうもありがとう」

そういってカウンターを離れるとき、女性が胸につけている名札に目が留まった。

「教務課　山本幸子」と、そこには書かれていた。今後単位のこととか教務に関わることについて訊きたいときには彼女がいい、知っていることはストレートに話してくれそうだ。教務課の女性と知り合いになれてよかったと思った。

＊

新宿から池袋に向かう国電の電車の中だった。二郎はこの電車で時々一緒になる、赤羽に家のある同じクラスの小山さんと並んでつり革にぶら下がっていた。

小山さんは同じクラスに在席する同級生だが、年齢は二郎よりも二、三歳年上だった。自然と名前を呼ぶのに小山さんと、同級生だが「さん」付けで呼ぶようになっていた。

「今日は本当に参りました……」

二郎はため息をつきながらいった。

「何かあったの？」

小山さんは二郎に顔を向け、微笑んで訊いた。

「教務課で成績表を貰ったのです。そうしたら何とかなっていると思っていたのに、基礎必修科目で二科目も不可でした」

「えっ！　そうだったの……。僕は昨日、教務課に行って成績表を受け取って、可もあってがっくりきたけど、まあ、何とかなっていてほっとした、というところだけど」

「そうですか、それでしたらよかったですね。私の場合不可が二科目ですから、参りました」

「二科目って科目は何？」

「数学演習と、工業力学演習です」

「ああ、その二科目ね。両方とも山口助教授だ。時間にはきちんと白衣を着て助手を連れて現れて、出欠を助手に取らせ、問題集の問題を出席者の誰かに指名して、黒板で解かせるのですよね。最初は面食らいましたよ、大学ってここまでやるのって感じで……」

「小山さん、黒板の前に立ったことは？」

「何回か。いつもひやひや。でも、時間と次の時間の問題は決まっていたから、それなりに準備もしていたけど」

「ああ、それ……、私はあの先生の時間は、二科目とも早い時間で、一寸遅れて出席し出席簿では欠席がついていることがかなりあったと思う。実際、黒板の前には殆ど立たずに過ごしてしまっています」

二郎は頭を叩かれたような気がした。

「ああ、若しかするとそれが効いたかな？　出欠は関係なく、テストの結果だけで成績は決められる、という学生も多いけど」

「会社を出てくる時間、中小企業だから仕事の関係で、ついつい遅くなってしまって……」

二郎はそういうと、小山さんの顔を見て頭を掻いた。

「どちらに勤めているのですか？」

「川口で鋳物工場です。主な製品はN自動車の鋳物製の部品で、モールディングマシンを使って生型で作っています。川口の鋳物工場としては大手です」

「鋳物工場？　我々の機械工学とは直接関係ないようですが？」

「大学進学で通学の便を図ってくれる工場が、という話があって、最初は機械工場で設計部門かと思ったのですが鋳物工場だったのです。会社の側からすると鋳物に比較的近い工学部門というと、どうも機械工学なのですね」

「はあ、そういうことですか……」

「工場全般の技術的管理ですが、工場の一番活況な時間に通学のため退社するので、最近では責任感から、後ろ髪を引かれるような気持ちです」

「それは大変なことですね」

「自然に学校の方も遅刻が多くなって、誰にいわれてそうしているわけでもなし、実は随分前から大変な悩みなのです」

「それは大変なことですね。私は大企業に勤めていて大学に通学しているということで、退社に当たってはこれという制約はありません。退社して無駄足を踏まなければ始業時間までには教室に出られます。そうだ！　そういうことなら山田君にあのことを話してあげなくては」

小山さんはそこまでいって電車が駅に入ったのを窓越しに見て、

「我々はここで降りなくてはいけませんね。話の続きは電車を乗り換えて次の電車の中で……」

といって掴んでいたつり革を放し、電車の出口の方向に体の向きを変えた。

其の三

一

乗り換えた電車には空席が幾つもあった。夜もかなり遅くなってきているから、サラリーマンの退社時間に一区切りがついた時間帯なのだろう。

二人は数人の人が行き交う中を小まめに歩いて、並んだ椅子に座り、ふっと息をついた。

小山さんは早速先ほどの話の続きを始めた。

「I重工業の設計部で、部門はどこになるか分かりませんが、即戦力要員として働きませんか?」

小山さんはいきなりそういって二郎を驚かせた。

「えっ!　というのは一体……。どういうお話なのでしょうか?」

「いきなりいって驚かせてごめん。実は、私は一年以上前からI重工業の設計部で働いているのです。その前は大手の繊維会社の工場に勤めて工務部に配属され、設備の保守改新を担当していたのですが、繊維不況の影響で人員縮小を会社は図っていて、一方、私は大学に通学したい気持ちがあって転職したのです」

「転職と、大学入試を殆ど同時にやったということなのですか？」

「まあ、そうです。転職前には幾つもの大学に入学する計画をして、大学そのものと通学上の便利さで比較していたのですが、どの大学も通学時間の問題で、一寸無理かなと悩んでいました。ところが、I重工業に勤められれば時間的に通学できると知りました」

「しかし、I重工業のようなそんな大企業に、よく途中から転職できましたね？」

「うーん、私の場合、大学進学を目指して勉強していたというタイミング、それがよかったということがあります。更に断然ラッキーだったのは、I重工業では私がそうした事情でいろいろ考えていた頃から、設計技術者で即戦力の経験者の不定期採用を、数ヶ月に一度くらいの割合で続けていたということがあったのですよ」

「はあ……、それは凄いことですね。そんなことがあったなんて……」

「I重工業では最近も募集をしていて、確か二、三日前の一流新聞の数紙で募集広告を出しているのを見ました。内容は私のときと全く同じだと思って見ました。かなり大きなスペースを使って書いていますから探せば見付かりますよ」

小山さんはそういうと、募集広告の内容と自分が勤めている経験から重要と思われることの要点をかいつまんで話してくれた。

応募資格は大学、短大、高校で機械工学その他の工学関係を専攻した卒業者で実務経験者。

採用されると、設計部門で正規採用者と全く同じ会社規定の待遇、条件で働くことになる。

大学通学には会社は協力的で、通学している者については就業時間が終わって、その時間ぴったりに退社することに一切干渉しない。ぴったりに退社すると、K工業大学の授業開始の時間には何とか間に合う。

入社試験は会社に附属する四年制の定時制工業高校があって、学生は工場で働きながら机上の勉強をし、卒業すると工場の工員として働いている。

不定期採用の応募者の試験は、その高校の校舎を使って日曜日に行われ、二日間、つまり日曜日二回で行われる。試験時には一つの教室に何人もの監督者が立ち会い、厳格な雰囲気の試験だとのこと。

一回目の日曜日にはたくさんの教室がぎっしりと人数で埋まり物々しい感じに満ち、みっちり一日机上試験があるが、二回目には一回目の試験で得点の低かった人には不合格の連絡がいっていて除かれ、ごく限られた人数ですっきりした感じのものとなる。

そして、午前中には一、二の語学など、軽い感じのテストが行われ、午後にはゆったりした雰囲気の中で一人一人面接試験がある。

面接試験まで受けた人にはそれから暫くして合否の通知があるが、小山さんの場合は合格通知として丁重な文書が送られてきたという。小山さんはそこまでいって、二郎に笑いかけると、

「試験の内容は我々の場合は先ず問題ないと思いますよ。大学入試で勉強してきたし、入学後は基礎必修科目であれだけ勉強させられているから……」

といい、更に楽しそうな顔をして笑った。

「ええ、でも私の場合基礎必修科目で肝心な課目を二科目も落としているし……」

二郎が不安げにいうと、小山さんは、

「それは、たぶん授業への欠席の評価でそうなったのでしょう。それに、これからはその二科目に限って猛烈に勉強されるのだろうし」

といって、それでも二郎が不安げな表情を崩さないと、

「試験については私が保証します」

と笑っていい、

「それより通学時間を確保するのが、あなたの場合にはとにかく急務で一番大切なのでし

ょう?」

といって二郎の顔を心配そうに窺った。

二郎は突然のことで、思わぬ話になったと思いながら、小山さんが心配していってくれた話を、よくも自分のためにと思って心の内で感激して反芻したが、大月鋳造の現状の仕事には生きがいを持って十分満足して働いているわけなのだからと思って、直ぐに決断する気持ちにはとてもなれなかった。それで、

「その新聞記事を先ず手に入れます。そして今の仕事と通学の状況、今後の私と会社の将来について、それを十分考えて、試験を受けるかどうかよく考えてみようと思います」

と思ったところを正直に、小山さんの顔を感謝の気持ちを込めた目で真っ直ぐに見ていった。

「そうですね、そうされるのが一番よいでしょう。ただ、これは重要なことで伝えておいた方がよいと思うのですが、『基本的な会社の方針として、会社は入社後の皆さんの昇進昇格は、制度として一切学歴などに関係なく、その後の実績の評価が基準の実力主義で、その人の能力が中心です』と、入社時に人事担当の上層部の方から、きっぱりした説明がありました」

と、小山さんは幾分興奮気味にいった。

「そうですか、確かに新聞や雑誌、いろいろのマスメディアから、そういう会社だとの情報を得ていますが素晴らしいことですね」

二郎はそう応えながら、小山さんの気持ちがよく分かり、自分も心がときめくのを覚えた。

「聞いたときは半信半疑でしたが、この一年の経験でそういう方向に今の会社制度は急速に動いているようです。といっても、古くからの制度は勤めている従業員自体の意識の中には根深く残っているようで、現在、労働組合が幾つもあるようですし、我々は職員としての入社ですが、工場労働者は過去の呼び名ですが工員と呼ばれたりするのも、よく聞くことがあります。所謂、ホワイトカラーとブルーカラーの差別イメージです。新時代に向けて会社経営者の経営理念と進路は急速に動いているが、勤めている人たち自身の意識がついて行けていないのを感じます」

「そうなのですか、お話は感じとして分かります。新しい経営への過渡期ということでしょうか？　それにしても時代の先端を行くというか、大会社として凄い会社ですね」

「それに、一度入社したら大会社の正規職員だから将来に不安もあまりないといえます。大学を卒業して今後大学卒という立場で学校紹介の就職の機会もありますが、そのときはそのときでと考えているのですよ」

「そうですか、それでよいのでしょうね……」

「今の会社はなにしろ時々マスコミにも取り上げられている、あの実力主義、能力主義で有名な、メディアによってはその行動力から、カリスマ社長とさえいっている土光敏夫さんが社長ですからね。大いに期待できます」

小山さんはそういって二郎の顔を誇らしげに見て目を光らせた。

「ええ、その方のお名前、そしてお考え、ご活躍の様子はよくお聞きしています」

「どうです、働きたいと思いませんか？　とにかく、会社は今、大きく発展しようとしている最中で技術者、特に設計部門の即戦力を必要としているのです。造船重機という生産財専門に生産している会社です。大量生産の製品を製作する会社と違って、一つの製品を製作するのに、毎回その製品の設計図が必要です」

小山さんはそこまでいうと電車がホームに入るのに気が付いて、立ち上がって窓を透かして外を見た。

「あっ、赤羽駅ですね。降りなくては。でも随分話ができましたね、会社のために優秀な人材は発掘しないといけないと思って熱が入りました」

といって、明るい顔で楽しそうに笑った。

「本当に……有難うございました」

二郎も直ぐ立ち上がって丁寧に頭を下げた。

ホームに出て階段の方向に向かう人波にもまれて歩きながら、小山さんは先ほどの話を続けた。

「私は化工機の事業部門ですが、ボイラー、タービン、クレーン、建設機械、橋梁、産業機械、航空機のエンジンなどもあるし、設計部門だけで数百、いや桁が違って数千人はいるでしょう。入社してみないと何を担当するか分かりませんけどね。一度携わるとそれが専門になりますが、そこは運、その個人にとっては技術者としての運命ということでしょう」

「私は大学通学のために入社した今の会社で、必要に応じ機械の設計も手掛けましたが、殆どは鋳物に関係してきているのも、そう、確かに運命だったということでしょう」

二郎は何かしみじみしたものを感じていった。

階段を上がりきると二郎と小山さんは右と左に分かれたが、二郎はそこでもう一度丁寧に頭を下げて今日、熱心に話をしてくれたお礼をいった。こんな情報を未だそれほど親しくしていなかった者に情熱的に話してくれたことには、聞かせてもらった者にとって、これまでに経験したことのないような深い感動があった。

二

赤羽駅から西川口駅に向かう国電の電車のつり革にぶら下がって、二郎は今しがた小山さんから聞いた話を何度も反芻した。とにかく、突如として湧いた思いがけない話である。その気になって考えてみると今の生活も、将来も大きく変わるのだ。それだけではない。これまでお世話になり、親しみ、信頼し合い、将来を無言で約束してきた人々とも、縁を切るようなことになるわけだ。

二郎は暫し深い悩みを抱え込んだような気持ちになった。だが、その悩みを一時的に救ったのは二郎の次の考えだった。

「でも、未だその新聞も見ていないし、試験にだって合格したわけではない。よし、新聞を見て検討し受験したいという気持ちになって、受験して合格してから悩んだっていいのだ。今だと、何も知らない人に話したら、試験に受かったわけでもなく、I重工業が対象の話だから取り越し苦労といわれ、笑われるかも知れない」

二郎は一人心のうちで呟いてみて、ほっと胸を撫で下ろした。そして、車内をずっと見回してみると、車内は意外に空いていてつり革にぶら下がっているのは二郎の他幾人もいない。ふと二郎の目がドアのそばに座っている若い女性に目が留まった。通勤の帰路であろうか疲れた感じだが、ハンドバッグを膝にした容姿が際立っていて人目を引く。ふっと、「由美さんとの計画もそのままになっている、川口駅のそばのレストランに誘うところだったのだが……」

との呟きが出た。

基礎必修科目を二つも落としたし、小山さんからああいう情報も貰って、それについても調べて検討したいし、会社での忙しさは日に日に増しているし、

「悩み多き人生か、どうにも困ったものだな……」

次はそんな呟きになったが、何故かそんな自分を楽しむような気分も心の一部にあった。

「Tomorrow is another day ——明日は明日の風が吹く」

映画「風と共に去りぬ」のラストのシーン、そこで使われた名セリフである。二郎はそのセリフが好きだった。今、そのセリフを何度も何度も口の中で呟いて、乱れる心を鎮めた。

＊

二郎は家に帰りつくと直ぐ、最近三日分の新聞を集めて小山さんから聞いたI重工業の技術者募集広告の記事を探した。それは直ぐに見付かった。

「あの会社、本社は大手町。広告を出している人事部門は江東区佃島の東京第一工場の中。勤務先は設計本部のある江東区豊洲になるのか……。採用試験も豊洲だ。応募の締め切りは六月の末、試験は七月の初め、合否の連絡があって入社は七月の中旬以降……」

二郎はそこまで小さく声を出して読むと、ああよかったと思った。挑んでやれない話ではない。

今の自分をそのままぶつけてみてどうか？　その答えは明日になって考えてもいい。とにかく、今分かったことは、これなら十分検討できるし、若し受験し合格した場合でも、その場合を考えていろいろ準備ができる、ということだった。

それに、この日程なら募集会社から見て少々不遜かも知れないが、試験の前に由美との約束を実行できるし、落とした基礎必修科目二科目の勉強もその合間を見て進められる。

二郎は何か一時的な憑き物が一挙に落ちたような、すっきりした気持ちになった。とにかく明日になったら何かの方法で由美と連絡を取ろうと思った。

＊

川口駅のそばのあのレストラン、日曜日の夕刻、互いに仕事を離れて自由に過ごせる時間だった。二郎は待ち合わせて由美と二人だけのテーブルで向き合うと、

「ごめんなさい、僕はどうも世間に無知で……」

と、最初の挨拶をいって頭を下げた。

「えっ、それ何、山田君、別に、世間に無知なんて？」

由美は目を丸くしていった。

「だって、きちんとしたデートに誘えないでご無沙汰ばかりして……」

「あーら……。それはいつか役所にきたとき、私が一寸面白がっていった、あのこと？」

「えっ、面白がってといわれるけど、世間を見れば本当のことじゃないですか？」

二郎はむきになっていった。

「やっぱり……、私が少しだけど年上って仕方ないわね。そんなに拘って考えることなんて、全然なかったのに……」

由美は面白そうに笑っていった。

「そうですか？　でも、私は真剣に考えたのです。それで結論として、大学の五月初めの学園祭に招待というか、きてもらって、学食ですが食事もして、学校を見ながら、由美さんをみんなに自慢して歩いて、などと考えていたのです」

二郎は考えていたところを隠さずに一気にいった。

二郎の夢中な顔に由美は一寸怯んだか、先ほどと違って頬に手を当てて白い顔をして聞いていたが、丁度そこに、ウエイトレスがオーダーを訊きにきた。

「ご注文お決まりになりましたか？」

二郎は素早くメニューを取り上げると、由美の顔を見ながら今日は僕がホストですから
すべて任せて下さい、というとメニューを広げ一番上にあるディナーのコースを指で指し、

「これを二人、飲み物は……」といって由美の顔を窺った。

「ホストの方にお任せします」

由美が嬉しそうに笑っていった。ウエイトレスが去った後、由美は二郎に顔を寄せるよ
うにして、

「何か一寸変ね、そういっては悪いかしら……」

と、二郎の目を窺うようにして微笑していった。

「いいえ、そんなことはありません。今日は、私はホストになって長い間のご無沙汰をお
詫びし、五月の学園祭への招待の打ち合せをさせてもらうつもりでここにきていますか
ら」

と二郎は少し固くなりながら平静を装っていった。

すると、由美も少し顔を固くしながら、

「そう、そうなのだ！　あのとき私が一言いったことで、そこまで考えてくれていたの

だ」

　といい、頷くように頭を下げ、

「よく分かったわ。と、なれば、後は学園祭のことだけど、山田君にすべて任せて従うことにする。そのときに、私もその後の思い、悩みというか、今の気持ちも心のうちを纏めるようにしておいて、いろいろ相談したいと思うし……」

　と嬉しそうに笑っていった。

「相談ですか？　相談といえば、実は私の今の心の中、相談したいというか、打ち明けたいというか、そういうことでいっぱいです。でも、所詮は自分で頑張らないといけないと分かっていることばかりで……」

「今日、相談できることなら、私でよければ聞かせてもらっていいけど……」

「いや、今日は駄目です。今日は私がホストで大橋さんをもてなす久しぶりのデートの日ですから。それより大橋さんがいわれた相談、それを承りたいですが」

「駄目よ！　今日は山田君のホストのおもてなしを心から受けるのだもの……」

　由美は二郎の言葉の逆手を取って、笑いながら、心から楽しそうにいった。

「そうですね。その通りです、今日は悩みごとの相談などということは一切なしにしましょう」

二人は互いに顔を見つめ合って、声を出して笑い合った。

＊

その日、二人は互いに自転車に乗ってレストランにきていた。

「レストランの帰りは昔のように、高校から、毎日家まで送ってもらったあの道を、昔と同じに自転車で帰るようにしよう」

それは、今日のデートを約束したとき由美がいったのだった。だから勿論通い慣れた駅への道を二郎は自転車できていたし、由美も自転車できていた。

卒業した高校のそばを通って、昔の道を二人は昔のように自転車を並べて先ず由美の家に向かって自転車を進めたが、二人が意図したようにはいかなかった。

あの頃に比べて、時間が早いので街の灯りが明るかった。それにも増して自動車の交通量が多い。二人が並んで話しながら自転車を走らせていくという状況ではとてもなかった。

二郎は由美を先に走らせ、その後から気持ちではこんなはずではなかったのに、と思いながら由美の安全を気にしながらついて行く格好となった。時々、由美が地面に足を着いて自転車を止め二郎の方を振り返って見た。直ぐそばに二郎がいるのを見て笑い合って自転車を進めることが続いた。

そんな風で二人が期待していた昔の通学後の、何か心楽しく由美の家へ自転車で送る道のりは、二人で何を話すでもなく終わってしまい、昔、連日のように別れ、時には別れの言葉に詰まったいつもの角のところまできてしまった。

二人はその角に自転車を並べて立ち止まると、どちらからともなく、「今日は時間が早かったから、それに、昔と比べると自動車の交通量が多くて……」といい合った。

「大学の学園祭楽しみにしている。そのときいろいろ話しましょう」

由美はいって、それにしても今日は有難う、と頭を下げた。

「ええ、本当に。そのときいろいろいい話ができるといいな……」

二郎もいって、それにしても今の私はとにかく頑張るよりないのです、そういって由美に手をこわごわと出し由美が手を触れると、きちっと握って、

「今日は有難う、次を楽しみにしています。今日はこれで……」

といい、二郎は由美の顔を振り返りながら、自転車のペダルを大きく踏み出した。

三

翌日の昼が過ぎてだった。現場に出て前日の小物自動車部品にかなり出ていたピンホールの原因が、肌砂の管理にあったのではないかと関係者を集めて協議していた二郎は、その途中で二階の部屋の中央にある大月専務の机に呼ばれた。

専務は二郎と向き合うと、

「この前お会いした県の試験所の田中先生には、つい連絡しそびれていた。そうしている間に別のルートで人材の紹介を依頼していた、W大学の鋳物研究所の教授から別の方の紹介があって、その方についていろいろお聴きしていた。それで、つい時間がかかってしまって……」

と、いつにないにこやかな顔をしていった。

「はあ、田中先生、どうされたかな、と思っていましたが……」

「うん、それで、田中さんはそのままだけど、教授から紹介された方について考えることになってしまって、いろいろ考えたがその方に結局、うちにきてもらうことにしたらと思う」

「はあ……、そういう事情になったのですか？」

「未だ決定したわけではないが、これがその方の履歴書と業務経歴書で詳細に書かれている。君がどう思うかだけど、一寸見て感想をいってくれないか?」

大月専務はそういってかなりの枚数の綴じた書類を二郎の目の前に差し出した。

二郎は田中先生をそのままにして、違った別の話に人材を求める話が移っていることに、何か反感のようなものを感じながらも、

「はい、そうですか」

と、素直な態度で書類を受け取り、直ぐ数枚めくって目を通したが、伊東さんというその方の名前と、年齢が五十代半ばということがピンときただけで、業務経歴書などかなり細かく書かれていて、そちらの方になるとどういう経歴を辿った方か、即座には実感として頭に入らず、専務のいう感想という域での返事はその場ではできなかった。それで、

「感想というと、迂闊にはご返事もできませんから、自分の机で読ましていただいてからで、よろしいですか?」

と恐る恐る書類を持つ手を上げて訊いた。

「うん、勿論いいよ。将来は一緒に働いてもらうことになるかも知れない人だから……」

専務の答えは簡単だった。

二郎は自分の机に戻ると、落ち着いてその書類を読んだ。N大の工学部を大学院まで卒

業し、比較的大手の鋳物専業会社に入社し、何年かしては退社し幾つもの名の知れた鋳物工場に勤めている。その間に夜間だったのだろうか？　大学院に相当するW大学の鋳物研究所で、二ヶ年の研究課程を修了している。

転職した会社はかなりの数あるが、大月鋳造はその中でもごく小さい方の会社であろう。自動車部品のような小型鋳物を生型で製造した経験はないようだ。

「そうだ、この方の年齢の方で盛りの頃には未だモールディングマシンはなかったし、日本の自動車産業だって未だこれからというときだった」

二郎はそう呟いて納得した。乾燥型で作るような大型の鋳物、それに電気炉による鋳鋼など、この会社で手掛けられないような領域の範囲で、広範な経験を積み学術的知識も持たれているようだ。

そういう方に入社してもらって、会社はこれから何をどうする考えなのだろうか？　それは二郎が先ず感じたことで専務の気持ちを量りかねた。

でも、書類を預かってあまり長くなっても、と思い、およそ十五分もすると専務のところに返しにいった。

細かいことをいっても、採用すると聞いているのだから、どうなることでもない、と分かっていたので書類を返しながら、

「凄い方ですね。学問、経験とも備わった鋳物についての一流のエキスパートというか、鋳物の世界にはそう多くはいらっしゃらない経歴の方のようです。私などはこの方が入社されれば、いろいろ教われるように思います」

と、専務の意図がよく分からないとの思いは別にして、専務がそういう人材を見付けたということを得意にしている様子も感じていたから、自然とその方向での返事をした。

「そう、めったにはお目にかかれない人材だと思う。これだけの学歴と業務に経歴がある人材が入社したといえば、N自動車に行っても大きな顔ができるし、下川さんだって会社を見直してくれると思う」

「なるほど、そういうお考えも……」

二郎はそういって、そうした会社としての見栄のような気持ちも専務には……、と理解して納得するものがあった。

「ただ、うちでやっているような小物の自動車部品の分野では、あまり経験はないようだ。そちらの方は君と下川先生の今の調子を維持してもらって、この方にはそれを大所、高所から見ながら馴染んでもらって会社が将来発展する方向に期待かな……」

大月専務はそれだけいって、二郎が自分の気持ちに沿った感想を述べたことに満足してか、機嫌よく嬉しそうに笑った。

＊

その日、退社して西川口駅で国電に乗り大学のある新宿に向かう途中、二郎は今日の昼過ぎにあった大月専務との、伊東さんという鋳物の技術者についての履歴書と業務経歴書を見せてもらっての話を、あれこれと考えた。

一番納得しがたかったのは、伊東さんという方は未だ会ったこともなく全然様子が分からない方だが、あれだけの学歴と、鋳物一筋の業務経験がありながら、何であんなにたくさんの転職の経験をしなければならなかったのか？　何故あの年齢で大月鋳造に更なる転職をしてこなければならないのか？　ということだった。

ご本人にしても、ご家族にしても安定した会社勤務を望んでいたのではなかったか？　それは当然のことではないかと思った。

それができなかったのはやはり中小といわれる、鋳物を専業とする会社に就職したことにあったのではないか？　と考えた。それについては、かねて強く思ったことがある。

「川口の鋳物会社の雇用関係は流動的」

ということは川口だけではなく、よくは分からないが鋳物関係の会社についてはどこでも共通していることなのか？　と考えたのだ。

ふっと、先日、小山さんがいっていた言葉を思い出した。

「それに、一度入社したら大会社の正規職員だから将来に不安もあまりないといえます」

と、小山さんはさりげなくいったが、

「そうなのだ！」

と、二郎は脳裏に閃くものを感じた。大月鋳造では工員の何人かが即日解雇、または、それに近い形で専務の意向だけで解雇されたケースを見ている。

経営者と直結して仕事をしている自分とすれば、将来、いつ意見の対立や専務の機嫌を損じることが起こっても不思議はない。

だから、従業員が専務とごたごたした関係になって解雇というケースを幾つか見たときに、他人事ならぬ将来への不安を感じたのだ。

よくは分からないが、伊東さんという方も鋳物の会社としては大手でも、所詮、広い社会的視野で見れば小規模の会社ばかりに勤めてきていた。そのために人間関係なども大会社のようにはいかず、何回もの転職をせざるを得なかったのか？

二郎はそこまで考えて、今日も退社予定時間の間際に現場を予定通りに離れられない事情ができ、大学は若干遅刻することになりそうなのを思い、それも小規模の会社に勤めているからなのだと思った。

そして、ずるずるとこうした状況が続いてしまうのを避ける道があれば、何としても避けねばならないと思った。

通学と将来の安定を考えたらＩ重工業に勤め、本来の希望だった設計業務に従事するのが今の自分としては望むべきだし、今がめったに得られない絶好の機会なのか？　とも考えた。だが、そうした考えに徹底するのは今の二郎にとっては極めて重く、あまりにも自分勝手な気がしてやりきれなかった。

二郎とすれば、大月鋳造の二郎個人に対するこれまでの処遇は、とても不満をいえるものではなかった。むしろ、感謝したいくらいの気持ちさえあるのだ。

「困ったな……どうすればいいのか？」

二郎は思わず呟いてため息をついた。だが次に頭に閃いて呟いたのは、

「未だＩ重工業に入社できると決まったわけでないし、試験に応募すると決めてもいない。一人相撲を取るようなものだ」

との思いだった。そして、思わず一人で赤面して苦笑した。

しかし、赤羽駅で国電を乗り換え、更にもう一度乗り換えて、乗った電車が走り続けて新宿が近くなってきても、二郎は脳裏で相変わらずＩ重工業応募を考え続けていた。

よく考えてみれば、プレス工場で一年間勤め、定時制高校に通学しようと思い、通学し

て卒業し大学に入学したいと思ったのも、それは将来を思ってのことだった。そうすることで将来の発展と安定が図れると考えていた。

それを思えば、ここで更に将来に希望を膨らませて進路を考えるのは当然のことではないか、という思いが急速に大きなものにもなってきた。

「未だ時間は十分ある、ゆっくりと考えて対処していいのだ。ここは自分の人生で、切らねばならない一つの舵を切る区切りとなるのだから……」

二郎は新宿駅で下車して大学に向かって歩く途中、そう考えて学校での今日に思いを移し、転職について考えるのはとにかくここまでにしようと思い、改めて気を引き締めた。

四

五月の日曜日、由美と約束していた大学の学園祭の日がきた。二郎は天候を気にしていたが快晴、爽やかな日だった。

その日、二人はそれぞれ自分の自転車で西川口駅まで出て、二郎が通学時に預けている自転車の預かり所にそれぞれの自転車を預けた。

「今日は、山田君のいつもの通学路を辿るわけね」

由美は、駅への僅かな道程の間に二郎の顔を見て嬉しそうにいった。

「そういうことになります。私の人生の、そう、青春時代、その断片に過ぎませんが、それを今日は知っていただくことになるのかな、と昨夜思いました」

二郎は嬉しかった。由美の言葉は自分を知ってくれている人でなければいえない言葉だ。国電の赤羽駅に出て、乗換えをして最後は山手線で新宿駅に向かった。いつもの通学に向かう途中の車中と違い、今日は日曜日とあって車内の空気が全然違うように感じられた。

「そうだ、今日は由美さんと並んでカップルで電車に乗っているのだから……」

二郎は心の内でそう思い、気持ちの高ぶるのを覚えた。

由美は二郎と並んでつり革を手にしているが、白いブラウス、紺のスカート、白いハイヒールがぴったりで、そう、やはり洗練されたスマートな女子大生という雰囲気である。

二郎は詰襟の学生服を着ていた。大学生が詰襟の学生服を着るのは近年の流行のような趣があった。クラスでも学生服姿の者は多い。

二郎もそれに憧れ中古だったが質のよいものを選んで買い、会社に通勤のときは別として休日とかプライベートな機会があると好んで着ていた。

＊

新宿駅で二人は西口の改札を出た。西口は復興が遅れていて建物も出札口そのものも木製だ。そこを出て十分ほど歩いた正面にあるのは、東京都水道局の広い面積を占有する淀橋の浄水場で、その手前にK工業大学や淀橋郵便局がある。

自然と乗降客の数も繁華街を抱えている他の改札口と違って少ないところから、復興も一番遅れているような趣である。

改札を出ると少し上り坂になっているがその坂の左側にかなり大きい喫茶店があり、改札口の貧弱さとは対照的に立派で暗くなるとネオンで照明される看板に、「ラ・ボエーム」とある。

二郎は通学の行き帰りにその看板を見ながら前を通る。その都度一度入ってみたいと思うのだが未だに入ったことはない。今日は由美さんが一緒だから、帰りに時間の余裕があったら一緒に入ってみよう、という思いが脳裏を掠め、「ラ・ボエーム」の看板を横目にして歩いた。そして数分歩いて大学の校門の前に出た。

校門には造花で縁取りをした学園祭の立て看板が大きく掲示され、かなりの人が校門をくぐっていた。

「随分大勢の人がこられているようね……」

由美が二郎の顔を見ていった。

「ええ、そのようですね。でもこの学園祭、学生が主体で運営するのが基本だと聞いています」

新宿駅から僅かな道程だが、二郎はハイヒールを履いてスカッとした姿勢の由美と歩くのが、面映く胸の動悸が高まっていて、何と応えたのかも定かでないという感覚だった。

「最初に学生食堂で食事しましょうか？　少し早いけれど、昼時になると凄い混雑になると思うので」

二郎は校門を入りながらいった。

「いいわよ、今日は山田君の指示に従うことにしているし……」

由美が笑いながらいった。

食堂に向かう途中、二人は一階にある大講堂の入口まできた。入口のそばにいる詰襟の学生服姿の学生数名が、講堂の入口に掲示した看板を細い音楽の指揮棒のような棒で指し示しながら大きな声で叫んでいて何かを勧誘している雰囲気だ。

その前には勧誘の言葉に耳を傾けている男女がかなりの数いて、学生たちを取り巻いて聞き耳を立てている。二郎と由美は何事かと思い、自然に取り巻きの後ろに立ち止まって

聞き耳を立てた。学生服姿の数名が指し示している看板には、

「K工業大学社交ダンス部は、東京都内各大学との大学社交ダンス競技会でワルツ、タンゴ、スロー部門で堂々の入賞」

と大きく書かれ、その脇に少し小さい文字で、

「記念に、学園祭で社交ダンス部は社交ダンス入門講習会を開催。会場は一階講堂・曲目はブルース・時間は学園祭の間、十三時~二十時。社交ダンスに縁のなかった方に懇切丁寧に指導。出席された方には一度でブルースが踊れるようになることを約束します」

とあり、かなりの数の学生服姿の学生が叫んでいた声は、講習会への参加を呼びかけているのだった。

「そうなの、K工業大学って工業大学なのに社交ダンス部が強いの?」

由美がいかにも驚いたようにいった。

「ええ、そうなのですね。今は戦後初めての社交ダンスブーム時代といわれているのも、何かの記事で読んだことがありますが……」

と、二郎は新聞か週刊誌で読んだ曖昧な記憶を辿って応えた。

「それで、入賞記念に社交ダンスの講習会をダンス部の方がやってくれるっていうわけ、本当に……」

由美が前に立つ人の肩越しに掲示板を読みながら、二郎の耳元でいった。

「ええ、そう書いてありますね、一日でブルースを踊れるようにしてくれるって……」

二郎も前の人の肩越しに掲示板を読んでいたが、突然のことで驚きが先行し、掲示板の内容が直ぐにはきっちりとは頭に入ってこない。だが、読んだ内容をオウム返しにそう応えた。

内容を読み直し吟味しているうちに、二郎たちは自然に取り巻きの輪の前の方に押し出された。

学生服で、掲示板を細い棒で指して叫んでいた一人が、目ざとく由美と二郎の二人に目をつけて目の前にくるといった。

「丁度いいカップルですね、ダンスを踊ったことがありますか？」

「あら！　私たちそんなカップルに？　ダンスなんて初めてです」

由美は顔を赤くしてあとずさった。

二郎は気持ちの高ぶるのを覚え、何かいわなくてはと思い率直に、

「凄い企画ですね。本学のダンス部がそんなに優秀だったということ。それに、こういう企画を立てるということも、申し訳ないですが知りませんでした」

といって学生服で細い棒を持つ学生に応えた。

「本学の学生ですね、何年生ですか？」

細い指揮棒を持った学生は、大分打ち解けた態度になって、親しみを見せて訊いた。

「二部の二年で、機械工学科です。山田といいます」

「そうですか、では、学年は僕が一級上ですが、ダンスを習い始めるには丁度いい。僕は一部の建築学科で竹谷といいます。しかし、いいですね山田君は、今日はこんなに素敵な人と一緒に……」

指揮棒は由美の方をちらりと見ていった。

「高校生時代からの……」

「そうですか、そういう方々に今日は特別サービスをしています。規定では一時開館。でも、本学の学生でカップルできている方に限り、今の空いた時間から入場してもらっています。規定の時間になると大勢で、たぶん長い順番待ちになると予想されますが、今なら何組もいないから、すいすいコース練習ができます。ほら、今二組、講堂に入っていきましたね。あの方々も本学の学生でしょう」

「えっ！　でも……」

二郎は由美を見た。由美は話を聞きながらにこにこ笑っている。

「というわけです。食事は後にして社交ダンス教えてもらいませんか？」

二郎は、お願いしますという気持ちを込めて、真剣な目で由美の顔を見ていった。

「面白いのね。こんなことがあるなんて全然知らなかった。私はいいわ、二郎さんさえよければ」

由美は嬉しそうに簡単に答えた。

「お願いします」

二郎は指揮棒の学生服、竹谷先輩に応えると嬉しさが込み上げてきた。由美が今、山田君ではなく二郎さんといってくれたのも聞き漏らしていなかった。

指揮棒を持ったまま竹谷先輩が講堂の入口に案内してくれる間に、二郎は由美に素早くいった。

「これからは大橋さんでなく、由美さんと呼ばしてもらいます」

由美は笑いながら黙って頷いた。

五

講堂は二郎がこれまでに見てきた様子と何も変わらなかった。ただ、ゆっくりとした音楽が流れていて、ごみ一つないという状態に整理整頓されている。窓から光が床に長く伸ばしていて、講堂全体が明るい。

すでに入っている何組かのカップルがいて、広い講堂の三隅でそれぞれダンス部員と思われる学生服姿の学生に寄り添われて指導を受けている様子だ。

「このコーナーだけがカップルは誰もいず残っていました。お二人は今日の催しでは直ちに練習に入れるカップルとしては最後のカップルで、チャンスだったようですよ」

未だ指揮棒を持ったままの竹谷先輩は、そういって二人を広い講堂の一隅に案内してくると、

「これからは私のいうようにして下さい。今流れている音楽はスローですが、ブルースと同じテンポの曲です。有名な映画『カサブランカ』のいわば主題歌〈As time goes by〉の時の流れるままに、です。今から始めれば帰りにはブルースをムードよく踊れるようになります。慣れてきたらスロー・スロー・クイック・クイックと、音楽のテンポに乗るように心がけて下さい」

といい、あなた方は特別に幸運な方なのですよ、といわんばかりな顔をして、誇らしげに頬を僅かに赤らめていた。

「ええ、有難う」

二郎は竹谷先輩が指揮棒を固く握ったまま汗をかく一生懸命な姿を見て、思わず心の底からそういった。そして、

「えーと、それで、これからどうすれば……」

と由美の手前もありすがりつくような声を出した。

「あっ、肝心なことをいってない。練習方法です。私はまた後で、参加者の勧誘を終わったら来ますが、それまでの練習はこうして下さい」

指揮棒を持ったまま竹谷先輩は、二人を交互に見ながら、額に相変わらず汗をかきつつ説明してくれた。それは次のようなことだった。

床に書いてある白墨の男女それぞれの足型を、番号順に互いに両手を取り合って歩く。できればスロー・スロー・クイック・クイックと音楽を聴きながら歩くのが望ましいが、初めてだからそんなことは考えなくてよい。

それで一通り歩けるようになったら、ダンスのホールドをしてステップする。ステップといったからといって変わりなく今までのように歩けばよい。

ダンスのホールドとはこういうことです、と改めていって竹谷先輩は指揮棒を折りたたんで学生服のポケットに納めると、二郎の体と由美の身体を接しさせ二郎の左手で由美の右手を握らせ、右手は由美の背後に置き、互いに抱き合うような形にして並ばせた。

そして、互いの顔の位置と方向は、男性はこちら向きに、女性は反対のこちら向きにと細部についての男女の手の位置なども細かく指示し、主として女性は男性の手と、接している腹部で男性のリード、つまり、動く方向を感じるのです、といった。

二郎は由美の柔らかい背後に手を置いてその身体を抱き寄せるようになり緊張しながらも夢見心地になった。由美の手も身体も緊張して心なしか硬い。

「次はこのホールドの状態で白墨の足型を歩くのです。そして、最後の番号までいったら、また、最初の番号に戻って歩く。それを繰り返すと自然にこの広いホールを何巡もステップできることになるのです」

「はあ、そういうことに……」

二郎は半ば納得していい、由美の顔を見た。由美も納得している感じだ。

「すみません。それだけ教えていただけば、あとは二人で練習してみます」

二郎はこの時になって、指揮棒を持つ学生服たちは校門での勧誘活動があり非常に忙しいのだとわかり、感謝の気持ちが思わず深まり、強い思いを込めていった。

＊

結局、二郎たちが講堂を出ようとしたのはそれから三時間も過ぎてだった。

郵 便 は が き

差出有効期間
2025年3月
31日まで
(切手不要)

1 6 0-8 7 9 1

1 4 1

東京都新宿区新宿1－10－1

(株)文芸社

愛読者カード係 行

ふりがな お名前		明治 大正 昭和 平成 年生
ふりがな ご住所	□□□-□□□□	性別 男
お電話 番 号	(書籍ご注文の際に必要です) ご職業	
E-mail		
ご購読雑誌(複数可)		ご購読新聞

最近読んでおもしろかった本や今後、とりあげてほしいテーマをお教えください。

ご自分の研究成果や経験、お考え等を出版してみたいというお気持ちはありますか。

ある　　ない　　内容・テーマ(

現在完成した作品をお持ちですか。

ある　　ない　　ジャンル・原稿量(

名				
上 店	都道 府県	市区 郡	書店名	書店
			ご購入日	年　　月　　日

をどこでお知りになりましたか?

書店店頭　2.知人にすすめられて　3.インターネット(サイト名　　　　　　　　)

DMハガキ　5.広告、記事を見て(新聞、雑誌名　　　　　　　　)

質問に関連して、ご購入の決め手となったのは?

タイトル　2.著者　3.内容　4.カバーデザイン　5.帯

の他ご自由にお書きください。

(　　　　　　　　　　　　　　　　)

についてのご意見、ご感想をお聞かせください。

容について

バー、タイトル、帯について

弊社Webサイトからもご意見、ご感想をお寄せいただけます。

ありがとうございました。

せいただいたご意見、ご感想は新聞広告等で匿名にて使わせていただくことがあります。

様の個人情報は、小社からの連絡のみに使用します。社外に提供することは一切ありません。

籍のご注文は、お近くの書店または、ブックサービス(0120-29-9625)、ブンネットショッピング(http://7net.omni7.jp/)にお申し込み下さい。

その頃、二人は途中で戻ってきた竹谷先輩の励ましと指導もあって、ダンスのホールドをして広い講堂を何とか一周することができるほどになっていた。

「おなかが空いた」と二郎はいって、由美も吐息を漏らしていた。

その二人に講堂に戻ってきていた竹谷先輩が近付いてきていった。

「帰り、六時頃、もう一度ここに寄って下さい。周りが暗くなって窓のカーテンも閉めますし、天井のミラーボールにも光を当て、この講堂は一寸したダンスホールのようになります。もう、お二人は堂々とブルースでダンスを踊れますよ」

「えっ！　本当に……？　そうなっていたら凄いですね」

「音楽も、今、流行している最先端のボーカルの入ったものを、ブルースだけ流しますから。ダンス部では皆さんへの仕上げとして流すのです」

「はあ……、そういうことなら、是非、その時間に寄らせてもらうようにします」

二郎は由美の顔を見ながらいったが、由美も嬉しそうに頷いた。

＊

二人が学食に行くと混雑するピークの時間はかなり以前に過ぎていて、落ち着いてゆったりしたテーブルに着くことができた。

「由美さん、今日はここで一番高級なランチをご馳走しますからね」

二郎は努めて使った由美さんという言葉に多少緊張したが、心は嬉しく弾んでいた。

「そう、なんでもお任せするわ」

由美も嬉しそうに応えた。

「と、いっても何しろ学食ですから……、メニューは限られています……」

二郎は少したじろぎながら、ここでは最高級のハンバーグ定食とホットコーヒー、それにアイスクリームをオーダーした。

由美はそんな二郎の挙動を、微かに笑いながら見つめていた。

「しかし、今日はダンスを習いにきたようで、私も全然予想していなかった驚いた日になりました。食事が終わったら、由美さんを大急ぎで大学の主要な場所にご案内して、そして、六時にはまたあの講堂に戻りたいのですが……」

二郎は先ほどまでの興奮を思い出し、ポケットからハンカチを出して額の汗を拭きながら、自分ではかなり強引かなと思いながらもいった。

「ええ、いいわ。これまでの練習の成果を試せるし、先ほどの学生さんのいう、工業大学のダンスホールも見てみたい」

由美の答えは簡単だった。そして、心から楽しそうに笑った。

「ここは美術室で、主にデッサンをするときだけきます。教えて下さる先生は一応大学ですから一流の美術の先生が教えて下さるのです。今までは、ここにあるような石膏像のデッサンですが、私はこの授業がとても好きです。一定時間、石膏に向かって消し炭を動かしていると何もかも忘れて気持ちが落ち着きます。一般教養科目で、基礎必修科目でないのが残念です」

＊

二郎はそういって由美に笑いかけ、由美も笑った。その後二郎は物理実験室、機械工学科の実習室などを案内した。これが旋盤、これがフライス盤、ミーリング、研磨器、プレスなどといって室内に備え付けの機械類を見て、その用途、性能、使い方などを説明して回ったが、どれも由美には特に興味が持てるわけがないと気が付き、ほどほどの説明で切り上げた。

それでも、校内を一回りして案内するうちに時間の経過は早く、二人が気にしていた六時に近付いてきていた。

「未だ回りたいところは幾つもありますが、時間がやっぱり、ダンスの続きを気にしてしまって……」と二郎は由美の顔を窺った。

「そうね、もう時間ですね。戻らないと熱心に指導してくれたあの学生さんに申し訳ないみたい」

由美の言葉に、二郎は内心我が意を得たと思った。そして、勇気を出していった。

「では、もう講堂に戻りましょうか？　私は由美さんと初めてのダンスで、あの広い講堂をミラーボールのライトの下で、彼はダンスホールといったけれど、ボーカルのブルースの曲にのって、一周も、二周もしたいと切実に思っています」

と自分の気持ちを正直に訴えた。

「そう、その想い私も同じ、図らずしてこんなことになるなんて、そう、今はまさに青春、青春の一日だなと思うわ」

と由美は高揚した顔で二郎を見ていった。

二郎は瞬間、由美を抱きしめたい衝動に駆られたが、そんなことができる場所ではない。

「では、講堂に戻りましょう」

二郎は手を取り合いたい思いを抱きながらも、黙って由美をリードして講堂への道を戻り始めた。

六

昼間の日差しが十分に入って、底抜けに明るかった講堂の雰囲気はすっかり変わっていた。入口には、

「K大学は今年度の都内大学ダンス競技会で、各種競技部門に入賞！」という大きな立て看板があり、その脇に少し小ぶりの立て看板で、「入賞記念社交ダンス講習会の参加者を対象、大舞踏会を開催」とあり、何れの看板もライトで照らされていた。

中に入ると昼間の学生服姿のダンス部の学生たちであろう幾人もの学生が出迎え、何組かのカップルには学生が指導している様子も見える。

講堂の窓にはカーテンが下ろされていて中はうす暗い。講堂中央の天井には大きな回転するミラーボールが吊るされていて強い照明が当てられている。

そこから七色の光の破片が反射されて振り撒かれ、床の上にも、動き回っている人の姿にも当たって回転して動き、幻想的な雰囲気を作り出している。いかにも社交ダンス会場というにふさわしい雰囲気だ。

入口にいた学生服の中の一人、昼間の竹谷先輩が二郎と由美を見付けると近付いてきて親しげに、

「お二人は大丈夫です。昼間の調子で音楽に合わせるようにして踊ってみて下さい。それに欲をいえば音楽に乗って、スロー、スロー、クイック、クイックと意識することでしょう。大丈夫、直ぐにダンスのムードが出て踊れますから」

と、にこにこして保証しますよ、といわんばかりの雰囲気でいった。

二人はそれでも昼間の白墨の後の消え残っている位置に行くと、竹谷先輩に見守られながら互いにダンスのホールドをし、音楽に合わせてステップし出した。

ごく最初の間だけ、二人は一寸戸惑ったが、少しすると昼間の感覚でステップできるようになった。離れて竹谷先輩が拍手をしてくれているのも見えるようになった。

「私たちは社交ダンスを踊っているのね……」

由美が二郎の耳元で囁いた。

「ええ、感激です。そういうことになります」

二郎の耳に踊っているダンスの曲が入ってきた。最近一世を風靡している流行歌、鶴田浩二の「赤と黒のブルース」だ。

それが繰り返し、そしてまた繰り返して、流されて耳に入ってきた。

「夢をなくした　奈落の底で

何をあえぐか　影法師

カルタと酒に　ただれた胸に
なんで住めようか　なんで住めようか
あゝあの人が

赤と黒との　ドレスの渦に
ナイトクラブの　夜は更ける
妖しく燃える　地獄の花に
暗いこころが　暗いこころが
あゝまたうずく

月も疲れた　小窓の空に
見るは涯ない　闇ばかり
倒れて眠る　モロッコ椅子に
落ちた涙を　落ちた涙を
あゝ誰が知ろ」

それは二郎に、限りなく強く胸を締め付ける切なさを生じさせる歌であった。

「音楽が、歌が、聞き分けられるようになりました。青春、これが由美さんもいっていた青春の一場面でしょうか?」

二郎は呟くように由美に囁いた。

「そうよ、そうに違いないわ……」

由美も二郎の耳元で囁いた。

それから二人は、同じ曲で講堂の七色の光の下を何周もステップし続けた。一周しては壁際にセットされた椅子で休み、ダンス部が用意した冷たい水を飲み、飽きることなく踊り続けた。何度目かの休憩のとき、

「あれっ! もうこんな時間……」

由美が驚いたように腕時計を二郎に示していった。

「えっ! 本当に、七時半を過ぎている……」

二郎も自分の腕時計を見ていった。

「もう、戻りましょう。家では母が夕飯を用意しておくといっていたし……」

由美が二郎にすまなそうな顔をしていった。

「勿論! そんなに遅くまで由美さんを拘束する気は最初からありませんでした」

二郎は慌てていうと、講堂の入口の方向に目を移し、竹谷先輩を目で探した。

「あっ、竹谷先輩、あそこにいる」

二郎はそういうと、いきなり由美の手を引いてその方向に歩き出そうとしたが、自分のしていることに気が付いて、

「先輩には散々お世話になったから、一言挨拶して戻りましょう」

といって、由美が壁際の椅子に置いた手荷物を急いで取りに戻り、手にする様子を見つめながら暫しじっと待った。

＊

西口の改札の手前にある喫茶店「ラ・ボエーム」の前を通るとき、二郎はそのネオンの輝きにいつもよりもひときわ眩しいものを感じた。

今日の予定では大学の帰りに、二人してこの店に入るつもりだった。そして、最近自分が抱えているいくつかの問題を話してみたいと思っていたし、この前由美がいっていた、「その後の思い悩みというか、今の気持ちを纏めるようにしておいていろいろ相談したい」

ということを話し合うつもりだった。だが今日の大学での成り行きは二郎が予想もでき

ないものになった。

今となっては由美が今朝、母と話し予定してきたであろう時間に少しでも早く送り帰すことが、自分の責任だとの思いでいっぱいだった。

日曜日だが、国電の中は時間帯なのであろう混雑していた。二人はつり革にぶら下がって、途中、乗り換えの階段で僅かに言葉を交わすだけで、今朝落ち合った西川口駅までくることになった。

二人は自転車に乗って並んで走れるようになってから、やっと落ち着いて言葉を交わした。

「今日は時間的に、思わぬ展開になってしまって、でも私たちは社交ダンスのブルースを踊れるように……」

と二郎が嬉しそうにいうと、由美はその言葉を待っていたように、

「そう、今日のようなことがなければ、とても社交ダンスなんて覚えられなかった。二人で何時間もの間夢中になって……、昔の卓球の練習のときみたいだなって思いながら最後の方は踊っていました」

と、由美はそれがいいたかったのか、興奮した口調でいった。

「この前お会いしたとき、今日は気持ちを纏めておいて話したい、といわれていました

が？」

　二郎は気にしていたところを、やっとその時間が来たと思いながら訊いた。日曜日とあってか、二人は何とか相前後しながらも、自転車を並べて走っていられる状況だ。

「そうなの、それがあるけど。ダンスで二人ともあんな風な気持ちになった後では、とてもいい難いのだけど、この前の浅間山登山の帰りに、皆が話し合ったことについてなの」

「えっ、というと？」

「その前にお聞きしたいけど、愛子さんと長田さんはその後どうしているのかしら？」

「その後聞いているのは、愛子さんは義男に、あのときの気持ちをそのままに、『社会に出てみる。そしてその経験を経てから義男さんとの将来は考えたい、それまでは互いに親しいお友達としてお付き合いしたい』と、きっぱりいったそうです」

「ええ！　そうなの……。愛子さん、単なる田舎の娘さんではないのね……」

　由美は前方からくる車のライトを避けながら、受けた驚きを大きな声にして、叫ぶようにいった。

「私はそうしたことになるのかも、と考えていました」

　二郎は由美の驚きにもかかわらず平然といった。

「そうだったの……。二郎さんがそうだったのなら私は話しやすい」

由美はそういうと二郎の自転車に自分の車を近付け、片足を地面について止まった。

「そんなに驚いたのですか？　彼女はあのときそういっていたのですから」

二郎はそういうと、かなり前方に、高校時代に由美を送ってきて二人が手を振って別れた、郵便ポストが近くにあるあの街角を認めた。

「あのポストの辺りで、手短に話しませんか？」

二郎の言葉に由美は黙って頷き、二人は黙ってペダルを踏んだ。そして、ポストの角に近付くと互いに自転車を止め、由美は二郎の顔を窺うようにしていった。

「私の、この前纏めてといったことも、愛子さんと同じなの。私たち純粋に親しいお友達、それ以上のものではない。それでいいかしら？」

「そ、そう、そういうことになります……」

二郎は由美の態度が急に改まったものになったので、思わず多少たじろいで応えた。

「うーん……」

由美はそれでもそういったまま暫し沈黙していた。

「何でもいって下さい。私たちは、今は青春の真っただ中、どんなことがあってもやり直せるし、立ち直れると思うのです」

二郎は由美が何をいいだすのかと思って内心は心が震えていた。でもこの際、この成り行きからいってそういわざるを得なかった。何をいわれても、何があっても、最後は自分自身しかないとも思っていた。

▼▼▼ 其の四 ▲▲▲

一

由美は少しの間空を仰いで、考える素振りをしていたが、思いきったようにいった。

「私、今考えていること、先ほど二郎さんから聞いた愛子さんの考えと全く同じなの」

「えっ、それは……。というと具体的には、これからどうしたいと？」

「愛子さんと違って、私はもう少し長く社会経験をしてきている。でも、同じ原点に立って考えてしまう。私たちのように若い男女の交際は、所詮、結婚という人生一度のことにつながっていると思うの」

「そうですか、最初の浅間山登山のときにはそうした意識はなかったのですね」

「ええ、そういうことを考えるほどの年齢でも、意識でもなかった、ということかしら。二度目の登山をして、私は愛子さんに教わったような気持ちになっているの」

「ええ、わからないではないですけど」

「はっきりいってしまうわね。愛子さんと同じようにもっと世の中のことも、たくさんいる男性のことも知りたいと思うのよ。愛子さんとの二度目の登山がそう考えさせたんだと思う……」

由美はそういうと、暗い街灯の光の中で二郎が今まで見たことのない、どことなく艶やかな表情をちらりと見せた。でもその後は直ぐ、

「誤解しないで……。私がいいたいのは世の中に若い人がたくさんいて、二郎さんを何年も待って二郎さんと結ばれることになったとしても、そのとき、二郎さんを待っていてよかった。二郎さんが一番の人だったと思いたいのよ」

「誤解なんて……、とてもよく分かります」

二郎には由美のいっていることが限りなくよく分かった。そして、ときが過ぎて、適齢期を迎える。いや、今そこにいる由美が思うのは当然のことだと思った。

「本当に、どういったらよいか分からないけど、簡単にいえば、それを、これから確かめる時間が欲しいと思っているの」

由美は自分の気持ちを些かでも誤解されたくないと思ってか、念を押すように言葉を付け加えた。

「分かりますよ。とてもよく……。それに私の場合には由美さんと違って時間は十二分に

ある」

今度は二郎が夜の空を仰いで暫し考えながらいった。

丁度そのとき、正面の広い道路を煌煌と明るいライトをつけた大型のトラックがこちらに向かってかなりな速度で走ってくるのが見えた。二人は無意識に互いに庇いながらポストの裏側に回り込むようにして広い道を避けた。

そのときだった。突然、「由美ちゃんじゃない？　夜遅くなっているのに何をしているの？」と、近くに女性の叫ぶような声が聞こえた。

「あ！　お母さん」

二人は同時にそちらを向いたが、叫ぶような声を出したのは由美だった。そして由美は二郎に、

「母よ、私の帰りが遅いので心配して迎えに出てきてくれたのよ」

と、早口でいうと、母の方に自転車の向きも変え、

「お母さん、ごめん遅くなって。山田さんも一緒にいるの。つい、ここまできて話し込んじゃって……」

と、暗い中ではっきりした言葉でいった。

「あらっ、ここまできて話し込むのだったら家にきていただけばよかったのに……」

由美の母は、かなり緊張している様子で、きちんとした靴を履き、スーツにスカートというビジネスウーマンという服装だった。だがその様子を一目見たときに、二郎は由美の母の年齢は思っていたよりも若い、五十歳を少し過ぎたくらいか？　と思った。

「あれっ、お母さんその格好、会社から戻ったばかりだったの？」

「会社は一寸遅くなって戻ったのだけど、当然、由美ちゃんは戻っていると思っていたのに、いないから心配でここまで戻ってきてみたのよ」

「ごめんなさい、お母さん。でも、二郎さんとのお話は丁度終わったところなの、二郎さん心から理解して下さったわ」

二郎は由美の母を初めて見て、その服装と僅かな由美との会話だが、その様子から由美と母との間に自分がどんな風に存在しているか、母と子がどんな日常を過ごしているのかを垣間見た気がした。そして、

「お嬢さんをこんなに夜遅くまで拘束して本当に申し訳ありません」

という言葉が自然に出た。

「二郎さんが悪いわけではないの。二郎さんの大学の学園祭で、たまたま、社交ダンスのブルースを一応のレベルにまでマスターできる機会があって、それに参加して夢中になってしまったの」

由美は明るい調子でストレートに社交ダンスという言葉を出して母に説明した。

「社交ダンス？　それってすごいわね、工業大学でそういうことをするの？」

「私もびっくりしたわ、先ず講習会への勧誘があって、最初はどういうことかなって思ったけど、でも、すごく健康的で明るいの」

「そう……、突然のダンスだから確かにびっくりしたでしょう」

母は頷いたが、それでも何か気になるのか辺りを見回してから、

「それは、家へ戻ってからゆっくり聞くとして、とにかく、山田さんには家にきてもらいましょう。永い間お世話になっていながらこういう機会は全然なかったのだから」

といって同意を求めるように由美の顔を見た。

「お母さん、ご飯なんとかなる？　二郎さんおなかが減っていると思うの」

由美は母の顔を覗くようにしていった。

「大丈夫！　今夜は今朝作って冷蔵庫に入れておいたカレーでカレーライスだから、出して温めるだけ。余計に作ってあるわ」

母はそういうと自分でもよかったというような顔をして微笑んだ。

二郎は由美の母と由美に従って、自転車のハンドルを押して歩いた。

「ここが私の家、市営住宅の二階の一室なの」

数分歩いてかなり大きな五階建てに見える集合住宅の前に来て、由美がその建物を指さしていった。

由美が母と二人暮らしなのは前に聞いていた。父は由美が未だ小学校低学年のときに、業務中に交通事故で亡くなったと聞いている。

以来、母は再婚することもなく由美を掌中の唯一の珠として、母子家庭を続けてきた様子は、確かめたことはないが大よその感じで知っていた。

「すみません。こんなにしてついてきてしまったけれど、本当にいいのかな？……」

二郎はこの期に及んで躊躇する気持ちが働いて、思わず由美を見ていった。

「勿論いいの、母が一緒でお話ができるなど、私にすればとても安心、というか気持ちが楽になることよ」

由美は笑いながらさらりといった。

二郎は、由美のお母さん、どこかの会社に勤めているのだ。今の服装が会社に勤めているときの服装とすると事務系の職、或いはセールスウーマンのような仕事？　何れにしても長く勤めていて、今は大ベテランなのだろうな、と考えたりした。

＊

二郎は食事をご馳走になり、あまり遅くならないように、と気を遣いながら過ごし由美の家を後にしたが、それでも食事中とその後、お茶を飲みながらの間に由美と由美の母と三人で、非常に打ち解けた雰囲気で話をしたと思った。

だが、母娘のそれは最前の由美の話と全く同じで、母娘の心は一体といってよいようであった。常日頃由美と母は、二郎のことについてよく話し合っているのを痛切に感じるものがあった。

今、二郎は家に向かって一人自転車を走らせながら、由美の家で話した話の内容を思い出して反芻していた。二郎の胸に強く残った要点は強いて思い出すまでもなく、幾つかに整理できた。

二

先ず第一番は、母娘の考え、ものごとへの考え方が全く同じで一体だということ。そういうことだから、由美がいい出した、愛子の考え方に刺激されて考えるようになったということも、話しているうちに由美の母の考えでもあったのだと知った。

二つ目はとにかく、由美の母は由美が二郎と交際している間に由美が婚期を逸するのを非常に恐れているのだと知った。二郎には非常によく理解できるのだったが、心には重くのしかかってくるものがあった。

三つ目は高校生時代からの、卓球を通じて二郎と親しい友達として交際してきたことについてで、それは感謝されていて二郎に対してはなんの悪い印象もない。だからこそ年下の二郎に合わせて交際が続き、ずるずると婚期を逸することになってはと、これがたぶん母が考える一番大きなところだ。

四つ目は由美の結婚相手についての希望だ。この点については世間一般的な考え方として話が出たのだが、これも母の気持ちが強いように感じた。

長い話にならず、深く話題にもしなかったのだが、母の理想は、世間でいう高学歴で、一流大会社に勤める人を望んでいることが僅かな会話から、そこはかとなく感じられた。

ここまで考えてきて、二郎の気持ちが呟きとなって自然に出た。

「すべて当然のことだ。私ではどうにも無理ということか？」

だが、由美とこれまでにその辺りを話し合ってきている中で、実は、そうしたことは互いに、十二分に理解していることだったのだ。

しかし、今日、更に由美の母からそれを聞くと、どうしようもないもの、自分で簡単に解決できないものであり、漠としていたものがはっきりと表れたのを知らされた。それは反芻すればするほど、決定的な新たな哀しみを呼び起こした。

「お母さんからもいわれてしまった。もう、私のことを待っていて下さいなんて、とてもいえたものではないな。どうにもならない……」

心の底からそういう声がした。今、二郎は自分の大学の学費は勿論、妹の学費も負担している。毎月の自分の食費の他に、母の日、敬老の日、盆と暮れ、更に、母からいわれればその都度、母に一定の額を母が自由に使えるお金として渡している。

兄はプレス工場での給料の大部分を母に渡し、家計の根本を支えている。これには二郎は常に感謝の気持ちを忘れていない。何をどういおうとも、兄と二郎が働くことで、山田家一家五人の生活が保たれているのである。

父の晩年、父が母に向かって、

「自分が逝って、小遣いに困るようなことがあってもおまえには残すものもないし……、子供たちの誰がおまえの面倒を見られるか？　おまえには本当にすまないと思っている」

というような会話をしていたのを、漏れ聞いたことがあった。二郎は以来、そのときの父の言葉と情景をことあるごとに思い出し、母には不自由をさせないという思いで自分の日常のかかりについては、できるだけ切り詰めた生活をして、母への経済的援助はできる限りの努力で全うしてきたのだった。

母は当初、そうしたことにぎこちなく応じてはいたが、何年か過ぎるうちに当然としてあてにして受け取るようになった。そして、同年輩の友達をたくさん作り、民謡に凝り、民謡の会では先生の指導を受け、後年、花柳流の名取にもなった。

二郎にはそのための経済的負担が年ごとに増えていたのだが、それよりも、母の様子を見ていて何か自分の心に満ちるものが増すのを感じ、心から嬉しさを感じていた。

今の二郎は将来を考えて貯金をしているが、纏まったものを買うとか、近い将来に結婚を考えるほどの額のものは全くなかった。

「後は、由美さんが私のペースにどこまで付き合ってくれるか……。私は私の気持ちに忠実に生きるのみだ。由美さんが他の誰かと結婚することになったら、その幸せを喜んであげるしかない」

二郎はそう呟いて救われる気持ちにもなった。今、母娘が二郎に好意を持ってくれているのは絶対的事実だと思ってもいるからだ。

だから、由美との交際は続けられるだろうし、その点についての懸念はない。だが、今日を境に母娘は二郎以外の青年にも目を向けるようになるだろう。

所謂、良縁というものが持ち込まれれば検討するようになる。母娘は、由美に職場や或いは町で由美を見かけて、直接由美に声を掛ける男性も母娘で検討するようになる。それらの形で由美の結婚への活動は、二郎以外の男性に広がっていくだろう。それは確かだと思った。

でも、それで由美と自分とが結ばれる機会がなくなってしまう、ということでもないのも確かで、先のことは分からない。

最近の結婚への一つのプロセスとして、どちらかに近しい誰かがよく知る誰かを紹介、男女の一組を作り、二人は紹介者を経由しての信用で、半年、一年程度の交際をするというのがある。

その結果が互いに無難に過ぎ、また、互いに好意を抱くようになれば、紹介者が実質的な仲人になり結婚に進むというケースだ。

由美のようにきれいで感じのいい娘だったら、そういう紹介者は幾らでも現れるのではないか？　二郎は考えるとぞっとする。

「要するに、私には無理だということなのか？」

二郎は心の底の声として、ついそう呟いて高揚した気持ちのままに、自転車のペダルを思いきり強く踏んだ。自転車は急に加速されて揺らいだが、二郎は直ぐに元に戻した。その途端に、

「そうだ！　I重工業がある。もし入社できれば、あの母も認めてくれるのではないだろうか？」

との思いが脳裏を掠めるのを覚えた。でも、若し入社できたとしても正規社員であるが、短大、高校卒のメンバーで試験を受けてのことだから、あまり誇れたものではないのか？との思いも掠めた。

それにしても、二郎が結婚できると自信を持って思えるのは大学を卒業してから何年も先の話で、妹たちも高校を卒業し勤めに出るなどして、今の家族への経済的な負担がぐっと軽くならなければ無理だと考えていた。

二郎の兄は二郎より五歳年上だが、今は未だ独身である。兄の結婚が済んだ上で、二郎の結婚が考えられるというのが常識でもある。

「とにかく、由美さんとの交際は続くのだ。これは母娘がはっきりいってくれている。別の男性が出てきても由美さん母娘が、その人と結婚を、といわない限り大丈夫なのだ。今日のところはそこまで確認できていることで満足しよう」

二郎はいつか自転車を一度止めて、片足を地面につけて思いにふけっていたのだが、自転車のペダルをまた踏み出しながら、そう言葉に出していってみて、何か心にけじめをつけたような気持ちになった。

そして、懸案であった由美とのデートに大学の学園祭を選んだのが予想外の大成功に終わったことを考え、とても嬉しくなり思わず笑みがこぼれた。

「一つの仕事は終わったな……」

二郎は、また、思わず口に出してみて、大きく息を吸うと明日の会社での仕事が自然に浮かんできた。次いでI重工業の受験のことが浮かんだ。

今日、由美母娘には一切話さなかったが、それは由美の家にいる間に何度か脳裏をよぎった。すべては受験して合格してからの話であると思った。

二郎自身、若し合格しても絶対に入社するかどうかまでの決意は固まっていない。

大月鋳造では自分も努力してきたが、大月専務をはじめとして事務長も、事務所の女子社員たちも、そして工場の工員の誰もが二郎に好意を持ち信頼してくれている。退社することは情において、とても忍びないのである。

しかし、業務に熟練すればするほど、退社時間がどうしてもより不規則になって学業に影響してしまうという状況は、決定的な問題としてあった。

それに、大企業の安定性ということでは、いろいろな人の例を見ても分かる、長い将来に亘って、家族の幸せを含めてのこと、という問題の核心を考慮すると、非常に魅力的に思える。そして、やっぱり若し合格したら転職するのが自分にはよさそうだ、という方向に思いは大きく傾いてきているのを、意識していた。

「明日は試験に応募する手続きを取ろう。由美さん母娘と話をしたのも一つのきっかけだ」

二郎は行き交う自動車のライトを避け、自転車を暫く走らせてゆくうちに心の底で決心し、言葉にして呟いた。

＊

翌日、会社に出ると、この前大月専務から書類を見せられ紹介されていた、W大学鋳物研究所を出られた伊東さんといわれる技術者が出勤されていた。

大月専務は二郎に伊東さんを紹介してから、

「工場内の鋳物関係の設備を一通り案内して説明してあげて下さい」

と丁寧な口調でいった。

二郎は自分の立場がどうなるのか全然聞かされていなかったのでちょっと戸惑った。その様子で感じたのか大月専務は慌てて、

「君に今やってもらっていることは全然変わらないよ。管理方法も、今まで通り下川さんと相談してやってもらっていればいい。伊東さんには様子を見て次第に慣れてもらえれば

よいので、伊東さんともそういうお話になっている」

といって伊東さんの顔を見て微笑した。

二郎は伊東さんが作業服を着て作業帽をかぶっていたのにもちょっと驚いたが、物腰が丁寧で柔らかいのにも驚いた。そこには二郎の上司になるという雰囲気は全くない。

その雰囲気は半日ほどかけて工場を一回りしていても変わらなかった。終始、伊東さんはどちらかといえば、案内する二郎に気を遣っているがごとき様子だった。案内が一回りを終えるころ、二郎はついに伊東さんに問いかけた。

三

「何か問題と思うようなところは？　何せ経験不足で、本で学んだように管理しているだけで……」

「いや、よくやられていると思います。勉強になりました。実をいうと私はこうした自動車部品のような小型の鋳物を生型で、大量に作るという経験は殆どないのですよ」

伊東さんはにこにこしていった。

確かに大月専務に読ませてもらった伊東さんの経歴書では、小物の鋳物を扱った経歴はなかった。こういう経歴の方に入社してもらってどういう仕事をしてもらう考えなのだろうか？

それは、二郎がそのとき、専務の気持ちを量りかねて思ったことだった。

「私は現場を歩かせてもらって、お手伝いできることを見付けてお手伝いしながら工場に慣れさせてもらいます」

「はい、というと、私とは？」

「ええ、全く構わないで下さい。次第に協力する事項もできてくるでしょう」

「はあ、そうですか。ちょっと、専務の気持ちがよく分からないというか……」

「大月専務が私にきてくれといったのには、設備投資をして工場を大きく変えたいというお気持ちがあってのためのようです。自動車部品以外に製品の分野も広めたいようで」

伊東さんは相変わらず低姿勢でにこにこしながら話している。

「私もそういう話は専務からお聞きしたことはありますが……」

二郎はそういいながら、それにしても決まったことをしないでいろいろ現場で協力するというのは伊東さんもやり難いだろうなと思った。

それに、経歴書で見たあれだけのキャリアの方がこんな感じの転職で、第一日目を私のような者に、こんな感じで接しなくてはいけないのは、やはり鋳物工業の世界が中小企業でなりたっているからなのか？　普通の大手の会社で伊東さんほどの方なら、キャリア、年齢からいって、もう役員になっているのが普通だ。

転職というような事態があるとしても、会社間の経営上の戦略などから起こるものだろう、と思い、伊東さんの丁重な物腰に触れて、個人的には何かいたたまれない気持ちになった。

＊

学園祭が終わっての五月は、瞬く間に過ぎていった。葉桜の緑が目に染みるようになって、日ごとにその濃さを増している。

この年、昭和三十四年の五月二十六日、ローマ大会に次ぐ昭和三十九年（一九六四年）のオリンピック夏季大会の開催地が、東京に正式決定した。

アジアで初めて聖火を迎えることになり、国を挙げての喜びとして世は盛り上がっていた。二郎もこのニュースには感動し、オリンピック景気ということも聞き、世の中が大きく、そしてスピードを伴って変わっていくのを感じた。

事実、この年の日本経済は前年の「なべ底景気」を克服して、ＧＮＰ一〇パーセントを超える成長率を記録している。

ダンス部の竹谷先輩には、今後の連絡先として、自分の家の電話番号を知らせておいたのだが、月末、日曜日の昼の時間帯に電話があった。

「ダンス部では、日曜日に社交ダンスの講習会を開くことになったので、よかったら先日の素敵なパートナーを誘って参加しませんか？　ブルース以外の種目も習えます」との親切な誘いだった。

二郎は先日のお礼をいうと共に、学業の方で打ち込んでいて、こちらに目途が立つまでは時間が取れない。時間に余裕が持てるようになったら考えさせてもらう、と率直に言って断った。

この誘いを由美に伝えたら何というだろうか？　と竹谷先輩と話しながら思ったが、自分としては今のタイミングではとても無理なのだから、と思って断るのに躊躇はなかった。

I重工業への応募は定められた書類を揃えて提出し、受領した旨の返事があり、同時に試験の案内も送られてきた。

二郎はこの試験のために特に勉強することはせず、大学の勉強に専心していた。この前、車中で聞いた小山さんの話を信じて疑わなかったのである。

＊

七月初めの日曜日、I重工業の技術者採用試験の第一日目がきた。二郎は小山さんから様子を聞いていたが、会社に付属の定時制工業高校に集まった応募者の数を目にして驚いた。幾つもの教室いっぱいに集まった人数は、教室数からみて千人には満たないとしても、それに近い数百にはなるだろうと思った。

そしてどの人もスーツにネクタイという姿で、どの顔も緊張している。二郎のように若い顔はあまり見えず、どの人も今勤めている会社では中堅社員として腕を振るっている人たちでは？　と感じられた。

二郎はこんなに多くの人々が、今の職を退いて実力主義を天下に喧伝（けんでん）している大企業に就職しようとしている、と思って自分がその方向に進もうとしているのは世の大勢として間違いではない、と思い、しっかり試験を受けなくてはと思った。

一つの教室に五、六十人を超える程度の受験者、監督者が二、三人いて試験は始まった。始まる前は多少ざわついていたが、始まると収まりシーンとし、試験用紙をまさぐる微かな音以外なくなり、緊張した空気に包まれた。

普通の会社の始業時間と同じような時間に始まった試験は、昼食の休憩時間と科目が変わるごとに多少の休憩時間はあったが、やはり普通の会社の終業時間と同じような時間まで六科目、数学、物理学、工業力学、幾何学、作図など、基礎的な知識の有無を中心にして問うものばかりが行われた。

そして、ついに長い緊張した時間が過ぎ、今日に予定されていたすべての科目が終了し、人事部の責任者から説明があった。

「今日の合否の連絡を全員に数日中に届くよう早急にさせていただき、今日の一次試験をパスした人たちには次週の日曜日に、再度二次試験を行いますから必ず出席して下さい。若し数日を過ぎても連絡がない場合は、こちらの電話に問い合わせして下さい」

それを聞いた大勢の受験者の中から、緊張した雰囲気を一挙に和らげるように、誰かが声に出していった。

「その通知で運命決定ですか？　……」

一瞬、すべての人が気をのまれたようにシーンとしたが、次の瞬間、緊張は一気に解かれ、どっとした笑いがその場に溢れた。

帰路のバスでは試験を受けた人々が乗り合わせ、試験を終わった解放感から感想を述べ合っていた。それを聞きつつ二郎は、自分は間違いなく合格していると思った。あの問題、この問題と話し合っている中で、二郎は的確にそれらの問題に回答していることを確認したのだった。事実、二郎は殆ど余すところなく回答を書いているし、その回答には自信があった。

そして、二郎は試験から四日目に帰宅して、I重工業人事部からの、一次試験合格です。二次試験には間違いなくご出席をお願いします、との葉書による通知を受け取った。

二次試験当日は、以前、小山さんが大学からの帰路、車中で話してくれたように、がらりと雰囲気が変わっていた。試験会場は同じで開始時間も前回と同じだったが、集まった受験者の人数が違っていた。一つの教室で間に合う人数になっていたのである。

集まった人々の間でも前回のような緊張した雰囲気はなかった。互いに笑顔で雑談して試験に臨んだ。

午前中の一時間目は英語一科目。二時間目以降は身上調査に相当するような書類、そして、これまでの試験の感想を書くことで終わった。そして昼まではかなり長い休憩時間。

昼食後もゆっくりした時間の流れで一人ずつ呼び出され面接試験になった。

二郎の場合、小ぶりの部屋に数人の試験官がいてのものだった。だが、話しかけてきたのは中央のかなり高齢の方だけで、その方はファイルを開いて見ていて、二郎の名前を確認すると、じっと二郎の顔を見つめ、

「あなたは夜間の大学に在学中とのことですが、今回の試験、成績はずば抜けていいです

ね。今朝の試験の英語も特にいい」

と、いきなりいった。

「はっ、そうですか……、英語はいつか海外に出る日があると信じて特に力を入れていま
す。ありがとうございます」

二郎はそれだけいって、後は、何もいえず沈黙した。

「これだったら、大学を卒業してこられてもよかったのに……」

その方はそういって、二郎の顔を見直し微笑した。

二郎はいうべき言葉に窮した。そうだったら、夜間大学を卒業してでも試験を受けさせ
ていただけるのですか？　といいたい気持ちが脳裏を掠めたが、いった言葉は違っていた。

「こちらに入社して、大学通学させていただき、それと、将来は機械設計と考えているも
のですから、少しでも早くその職に就きたいと考えたのです」

「はあ、そう……、よく分かりました」

といって、その方は二郎の顔を見て最前と同じ微笑をした。

二郎は何をいったらいいのか分からず黙っていると、脇にいた別の方が初めて口を開い
た。

「面接試験はこれで終了です。どうぞ、退席していただいて結構です」

二郎は席を立ち一礼して室外に出た。面接試験といっても、五、六分程度の時間で終わった。

結局、全員の面接試験が終わって夕刻になったが、その後、人事部の係員から今回の試験結果を含めての採用、不採用の連絡を一週間以内にはさせていただくので、そこに記載された日時、場所に必ずご出席下さい。その日が入社日になります、との話があった。

そして、採用が決まっているかのように転職上での細かい書類手続きと、それに必要な書類に関する話があり第二回目の採用試験は終わった。

四

五日して、二郎はＩ重工業からの採用通知を自分の手にした。

小山さんから聞いていたように、江東区の第一工場内の人事部人事課長名で、社印の押されたその書類はいたって丁重に書かれた通知だった。会社は二郎個人を会社と対等に見ていて、入社をお願いします、という書き方に感動し、ひたすら嬉しかった。

思えば、プレス工場には中学校を卒業して直ぐに勤め、その後社会を知ってものを考え、何はともあれ定時制高校の機械科、夜間の工業大学の三年目を経て、実力主義といわれている天下の一流企業に、即戦力の設計技術者として、是非きて下さいといわれているのが現在だ。

母と兄に採用通知書を見せた。母は、

「よかったね。努力してきた甲斐があったね……」

といって笑顔を見せてくれた。だが、母にすればどの会社がどう、という事情に詳しくはない。その程度の反応を示してくれれば十分だと思った。

さすがに兄はI重工業を知っている。採用通知書を手に取ってみて、

「凄いことをやったな、一流の学校を卒業しても誰でも入れる会社ではない。入ってからも大変だが、頑張るよりないな……」

といって笑顔で励ましてくれた。二郎は母と兄に話したことで家族の了解も得られたと思い、興奮した思いが幾分和らいで気持ちが軽くなったように感じた。

でも、兄がいったようにこれからが大変なのを改めて意識し、思わずため息をついて、その大変さを心の内で噛みしめた。

大月鋳造の了解を取ることが先ずある。申し訳ないと思うが、所詮、転職先の大企業の採用通知まで受け取っている状況を確認すれば、叱られながらも認めてくれるとは思う。

第二には、突然に退職をいい出すわけだから、会社としても今後の引き継ぎなどを、どう図るか早急に考えねばならず困るだろう。それについては残る時間内で、できるだけの協力をするよりない。

幸いに伊東さんがいて、工場の状況にかなり慣れてきて下さっているので、頼りにさせてもらおうと思う。

第三は新会社への通勤が厳しくなることだ。勤務場所は東京都江東区の豊洲になる。そこに技術本部があり、鉄筋六階建ての大型ビルが二棟あって、設計部門の技術職員の多くが集合している。

二郎も配置された部門によって、二つあるビルの一つに勤めることになる。国電の新橋駅から豊洲には、都バスが会社の通勤時間帯に特別配車されていて、通勤にはこれまでの朝より一時間ほどは早く家を出ることが必要だ。

通学は、小山さんの話で定時の終業時間が来たら、直ぐ退社して大学に向かえる。採用試験の面接でも話題にしていたし間違いはない。これは転職を決意した理由の大きな要因であって、自ら解決したという気持ちになれて嬉しい。

もう一つは第四番目になるが、由美との問題だ。これまではときに応じて昼間、時間を都合して由美の職場を訪ねることができたが、今後はできなくなる。

由美とは根気よく交際して由美のペースが自分の結婚可能時期に合うのを待つよりないと考えているが、ときに職場を覗くことができなくなると疎遠になりがちになるのは避けがたい。

採用通知と一緒にきた書類にある最初の出社日、七月十六日に出社し入社手続きが終わり、入社したら由美には先月母親にも会っているし、自宅に電話してI重工業に転職したことを伝えようと思っていた。

「問題点はこのくらいかな?」

二郎は採用通知を相変わらず手にしたまま、夕食後母と兄から離れて、一人机を前に座って熟考していたのだが、机から顔を上げて呟いた。

＊

I重工業が入社を指定した七月十六日がきた。二郎はいつもより早く暗いうちに起き、家の中で音のしないようにこっそりと行動し、初出勤の支度をした。

先ずはそっと外に抜け出して、自転車を確認することだった。前後のタイヤを指で押して、昨夜調整しておいたように空気の抜けていないのを確認した。幸いにして雨の気配はない。

国電の川口駅までは自転車でと考えていた。ここから少し歩いてバスを利用する手もあるが、早朝のバスは運行本数が少なく、遅れて到着や、始発の停留所ではないので満員で乗れないこともある。とにかく、初出勤日で遅刻は許されない。

いつもより早い朝食だが、母が起きて面倒を見てくれた。着替えをして少し早いかなと思ったが、六時少し過ぎには自転車に乗っていた。早朝の道路は閑散としていて車の通行もあまりない。

「先ずは予定通りにきた……」

二郎は少し自転車を走らせ、早朝の空気を切って快調に進行できるのに気持ちを高揚させ叫んだ。

そして、このところの出来事と、緊張、忙しさを心の内で反芻した。

*

思えば、大月鋳造に退職を申し出たのが一週間ほど前だった。

朝、出社すると直ぐ、それが順序だと思い事務長にI重工業の採用通知を見せ、通学の便、将来は機械設計技術者を希望しているので、はからずも機会を得られたので退職したいのです。まことに突然で申し訳ないですがお願いします、といって深く頭を下げた。

「えっ！　I重工業に転職……I重工業は、ときとして下請けにもなるし、お得意様でもあるのだよ」

事務長はそういって顔色を変え、採用通知を見つつ絶句し、少し時間をおいたが、

「とにかく、大月専務が直に出社されるだろうから話します。でも、君、これは簡単なことではないよ」

といい今度は笑い顔を見せた。

「はい、どんなにお叱りを受けても……、ただお願いするばかりで」

と、二郎はいって再度頭を下げたのだった。

大月専務が出社し、事務長から話を聞いた専務は直ぐに二郎を自分の机の前に呼んだ。そして二郎の話を一通り聞くと、

「君の気持ちは分かったが、君には辞めてもらいたくないのだ。あらゆる面から考えてだ。会社として君が作ったお得意様との信頼関係、特にN自動車工業の部品の検査課長などは、この前会って食事を一緒にしたとき、君のことを名指しで、『ああいう若い人は何があっても手放すなよ』と、いってくれていた」

といって睨むような目で二郎の顔を見つめた。

「はい、そういうご信頼も……、本当に申し訳ありません」

「君がN自動車の検査課に行ったときの君の振舞い、言動は聞いている。何故、そうまでお得意さんがいってくれたかは当事者の君には当然分かるだろ。人がまともに懸命に行動すれば、おのずから、相手の方には利害を別にした信頼が生まれる」

「ありがたいと思うばかりです。申し訳ありません」

「今、君はそうした信頼を放り出そうとしている。君とすれば君の人生上での計画からで仕方ないのだろうが、残念だよ……」

大月専務はそういうと片手で机を、バンッと叩いた。二郎は顔を上げていられず下を向いたまま、

「申し訳ありません、本当に……」

といったまま、ますます低く頭を下げた。そのまま暫し沈黙が流れた。だが、少しして大月専務は落ち着きを取り戻してか、

「I重工業からこんな採用通知を貰っていて、そこには試験があり、採用側のそうした審査をしての信頼関係があって、どうにもならないのだろうけれど……」

といって深く嘆息した。

「はい、本当に申し訳ありません……」

二郎は覚悟していたことではあるが何もいえなかった。ひたすら頭を下げるのみだった。

「つらかったな、あのときは……」

二郎は自転車のペダルを踏みながら、そのときのことを思い出し呟くと、今でも体が汗ばむのを覚える。

結局、半日ほどは専務と事務長に翻意を促される説得を受けたが、I重工業からの採用通知がものをいって、午後には納得された感じになり、二郎の後の引き継ぎをどうするかの話になった。二郎が大月鋳造に留まれる日数は限られていた。

その間にすべてを引き継ぐとなると、その資格のある技術者は当然、伊東さんということになった。

以来、昨日まで、二郎は伊東さんにすべての引き継ぎをすべく懸命に尽くした。その間の伊東さんとの会話である。伊東さんはいった。

「山田さんはラッキーですよ。私は技術のアップで生活はついてくると思っていた。違いましたね、特に鋳物の世界では。若いころはいいですが結婚して家族を持つようになったら、しっかりした大企業に勤めていて安定しなくては……」

「はい、そうですか？　そう思うことを見聞きしたことはありますが……」

二郎がそういうと、伊東さんは更に何かいいたそうにしたが、黙って微笑したのみだった。

しかし、伊東さんはこれからどうなっていくのかな？　二郎はそう考えつつ、でも、伊東さんがいてくれたお蔭で、退職の引き継ぎもかなりスムースにできて助かった、感謝しなくてはと思った。

早朝の自転車は引き続き快調である。

二郎は由美に電話するのは、今日、入社を終わったらと考えていたのだが、昨日は、大月鋳造を円満退社して帰宅するとほっとして、ストレス解消とまで考えたわけではなかったが、これまでの経過を由美に伝えたくて堪らなかった。

母が出るか、由美が出るかと懸念しながら電話したが、由美だった。

「先日はありがとう。由美さんのお母さんにもお会いできてとてもよかった」

というと由美は、

「驚いたでしょ。私が私一人でなく、私には母という生涯の監督がついていると知って……。二郎さん、それが分かってもう私のこと諦めたかな？　と思っていたのよ」

と、平然とした感じでいった。

「そんな……、それにしても由美さんはそんな風に思える人でもあったのか……」

二郎はあまりの意外さに嘆息していったが、語尾が小さな声になり不明瞭になった。

「二郎さん、どうかしたの？」

　由美の声はいつものように明るい。

「実は、先日まで何もいわなかったけれど、ずうっと考え計画していたことで、私は会社を七月十五日、今日、退職しました。転職します」

「えっ！　それ、どういうこと？」

「転職するのは明日、七月十六日で、あの実力主義で有名な、社長がマスコミによく出てくる土光敏夫さんの会社、I重工業です。私は即戦力の機械設計技術者として正規社員で採用されました」

「凄い、私には黙って計画していたの？」

「だって、試験に受かるかどうかは未知数でしたし、大変な数の応募者がいて、海のものとも山のものとも分からなかったので」

「そうだったの、とにかく、おめでとうございます」

「ありがとう。そこで一言、私は先日のお母さんのお話にもめげず頑張りますから、もう少し様子を見て下さい、と今日はいわせていただきます」

「格好いい……。勿論私の方、未だ何も始まっていないのだから、心配しないで気長に、お互いに頑張りましょう」

　由美の最後の言葉は、やはり今までの二人の関係を反映して、あたかも二郎の心を知り抜いている女性のものと聞こえる、優しい口ぶりだった。

自転車は川口の駅前に出た。二郎は自転車を預ける店の方向にハンドルをきって進んだ。

五

二郎は、I重工業の豊洲総合事務所第一ビルの指定された部屋に、始業時間の十五分前には到着していた。

もうかなりの人が到着していて互いに明るい顔で挨拶し雑談を交わしていた。

互いに同じ試験を受けて、今日ここまできたことで親近感があるのだ。

「現役バリバリの方ですか」

二郎に声をかけてくれたのは四十代と思われる明るい感じの方だった。

「えっ、現役といわれると……確かに大学の二部に在学していますが」

「やっぱり、ずうっと拝見していましたが、随分と余裕のありそうな感じで……」

「余裕なんて、無我夢中でした。それにしても、最初の日から見ると極端に人数が減ったようですね」

「減りましたね。何倍くらいだったのか？」

その方は周りを見回していった。

そのときだった。I重工業の社員と思しき数名の人が入ってきた。その方々は、

「皆さん、ご苦労様です。よくおいで下さいました」

というと、集まっている人々に、設けられた机を前にした椅子にそれぞれ座るように、と手で指し示しながらいい、全員が席に座ると、中でも一番若いと思える社員が、一人一人出席者の名前を呼んで全員の点呼を取った。欠席者はいない。

当然！　あれだけの試験を乗り越えたのだから、と二郎は思い、自分が今日の朝に間違いなく出席することに、どれだけの神経を使ったかを思った。

それが終わると、代表と思える人が中央の黒板を前にした席の前に進み出た。残りの人たちは部屋の壁に背中をつける感じで互いに少し間隔を空けて立ち、中央の一人の人を見つめた。中央の人がいった。

「私たちは当社の人事部の者です。私は人事部の課長で木浦と申します。今回の技術者募集に応募、ありがとうございました。今日、集まっていただいた方々は、最終試験に合格し今日から私たちと同じ当社の社員になられた方々です。年齢で一概にはいえませんが、何事もなければ三十年、そういう期間お勤めいただきます。それと、皆様の入社日は昭和

三十四年七月十六日です。よく記憶しておいて下さい」

と無造作にいった。その瞬間、

「はっ、ええ、はい……」

というような言葉が出席者の中からさまざま発せられた。

それを聞いたか聞かなかったか、木浦課長は、

「今、こちらに向かっていますが、当社の代表として取締役で人事部長の山本が、ご挨拶と共に当社の経営理念というようなことについて、若干の時間お話をさせていただきます。それが終わりましたら各係員が皆さんをそれぞれの配属先にご案内し所属先の責任者に引き継ぐことになります」

といって部屋中を見回し、やや時間を空けて、

「これまでのことで、試験中のことでも構いませんが何かご質問はありませんか？」

といった。誰も手を上げる人はいない、と思われたが、少し時間をあけて一人の手が上がった。見ると先ほど雑談時に、二郎に話しかけた人だった。

「はい、どうぞ」

木村課長がそちらに向かっていった。

「あの、お訊ねしてよいかどうか？　試験の最初の日と較べ、今日は人数が大分少なく

……、参考までに合格の倍率は？」

と、少し緊張気味に訊ねた。

「あっ、それ。毎回試験の後よく聞かれます。正確な計算は別にして今回は三十数人に一人というところです。皆さんはそれだけのエリートです」

課長はさらりといい、

「他にご質問がなければ、それでは、人事部長を呼んでまいりますので、申し訳ないですが数分お待ち下さい」

というと、部屋を出ていったが直ぐに大柄で、スーツ姿の比較的年配の方を伴って戻ってきた。そして、その年配の方を今まで自分が立っていた場所に案内すると、

「こちらが当社の取締役人事部長で山本です。ご挨拶と共に、当社の人事についての基本的考え方について、お話しさせていただきます」

といって集まっている全員に紹介した。

「はあ……」というような声とも雰囲気ともつかない空気が会場に流れた。

「皆様、わたくしが人事部長の山本です。今日は皆さんに、難しい入社試験を突破されて入社していただき、感謝すると共に、会社を代表して心からおめでとうと申し上げます……」

という挨拶から山本人事部長の話は始まったが、その続きと趣旨は会社の人事方針についてで、次のような話であった。

小山さんから聞いていたように、一旦入社すると皆同じ正社員となって、将来の昇進昇格は学歴には一切関係がなく、その後のその人の実力、実績の評価が基準となる実力主義である。

誰でも、それだけの能力を発揮して評価されれば、その積み重ねによって昇進昇格する。だから、誰もが将来は社長になることもあり得る。

今日入社した皆さんは、そういう会社に入社したわけでそれをよく自覚し、それぞれの方が持てる力を大いに発揮して頑張り、人生の成功者になっていただきたい。

二郎は山本部長の話を聞いて感動した。この前、小山さんから聞いた話と変わりないが、実際に自分が当事者として聞くと感動の大きさが違う。あのときも、小山さんは興奮気味に話していたのを思い出した。

そして、大月鋳造にいたら個人会社だから社長になることはないが、I重工業であったら社長になる可能性もあるのかな？　と、ふっと思い、自分の考えの飛躍に思わず心の内で苦笑した。

山本部長の話が終わると、部長は退席し木浦課長がその場所に立ち、

「これから、皆さんをそれぞれの配属先に我々が手分けしてお連れしますが、その前に皆さんが入社して直ぐに必要な事務的手続きについて、ちょっとお話をさせていただきます」

というと、次のような項目について説明をしながら話をした。

厚生年金など保険の手続き、バスや鉄道の定期券の一括購入、会社規定による作業服の購入、昼食は会社で一括賄っているが、その食券の購入など。

そして、詳細については、各所属部門に庶務課があり、女性の係員がいて実際の手続きをすることになっているので、その係員と相談して手続きしてもらえばよい、というものだった。

それだけの話が終わると、木浦課長は会場をゆっくりと見回し、

「これから先は、皆さんを現業部門にお引き渡しして人事部の仕事は一応終わります。ですから、今までのことで何でも質問があればお訊ね下さい。皆さんの入社、人事部長のお話に関してでも構いません」

といって、今日初めての笑顔を見せた。

二郎は驚いていた。プレス工場、大月鋳造での経験から見て、やはり大企業は違う、という思いに圧倒された。

いろいろなことがきちんとシステマチックに動いているように思え、従業員の働く環境の整備にしても、それは福利厚生の面にまでつながって、管理されているのであろうとも思った。

人事課長の言葉にもかかわらず、もう手を挙げて質問する人はいなかった。もう一度部屋中を見回してから木浦人事課長はいった。

「それでは皆さん、各々の所属部門にご案内します。二つのビルの各階に分散することになりますが、今ここで幾つかのグループに分け、係員が手分けしてご案内します」

といって、各係員にジェスチャーを交えて指示し、幾つかのグループが作られ動き出した。

二郎が案内されたのは第一ビルの五階で、二郎が属したグループでは最後になった。

第一ビルは道路に面した横側の中央に大きな玄関があり、入ると正面はエレベーターホールで、一階には来客の受付や応接室が幾つもあり、エレベーターは最上階の六階まで通じている。

五階でエレベーターを降りると、ホールでその左右が設計部門の部屋になっている。二郎は左側の部屋のドアを開けて中に案内されたが、部屋に一歩入って驚いた。ドアから入った中央は通路になっていて、そのまま真っ直ぐにビルの終端と思えるところまで続いている。ビルの終端と思えるところまでに一切仕切りはない。柱がそれぞれの場所にあるだけである。

広い。一瞬、二郎はその広さを、K工業大学の講堂、大月鋳造のモールディングマシンの設置されている現場などと比較した。

だが、驚いたのは広さだけではない。それだけの広さが一面の製図板で占められていることだった。おまけに、そこで仕事をしている人の数の多さだ。

そして、その人々は一様にカーキ色の作業服の上下を身にまとっていて、何か、活発に働いているという様子だった。

さすが天下の大企業、そして、その技術本部は技術の中心、そこに自分は入社したのだ、という思いが、改めて脳裏をよぎり、暫し呆然とした。

「こちらにどうぞ」

案内の人事課の係員がいった。二郎が係員の後に従うと、係員は歩きながら、

「産業機械設計部の部長のところに行きます」

といい、手にした書類のファイルを開いて、中を確かめているようだった。

二郎は広い部屋の一隅にある、そこだけ透明なパーテーションで区切られた一室に案内された。そこは二郎の配属先、産業機械設計部の部長室だった。

人事課の係員が部長に何かいい、数葉の書類を部長に渡し、二郎を部長に紹介した。二郎は、

「山田二郎です。よろしくお願いします」

とだけいい頭を下げ、部長の方を向き黙って立っていた。すると部長は、

「山田君ですか？　部長の新井です。こられるのを待っていました」

部長はそういうと、部屋の中央に置かれたテーブルを手で示し、そこの椅子に座るようにジェスチャーで示した。

二郎がそこに座ると、部長は、そばにいた人事部の係員に、「ご苦労様、後はこちらで引き受けます」といった。

人事部の係員が去ると部長は、「君のキャリアは書類上で見ていますが、機械工場と鋳物ですか？」といった。

二郎はこの部屋に入ってきたときの圧迫感で、興奮未だ冷めやらずという感じであったが、落ち着いて話さなくては、と思い気を引き締め、

「はい、そうです。鋳物工場では工場で使う設備の設計をして、機械工場もありましたので、一切を自家製で制作したこともあります。でも、これから勉強してこちらで手掛けさしていただくものに比較すれば、ごく些細なことです」

といって、ちょっと口が過ぎたかな？　と思った。

其の五

一

「そうですか、それはいい経験だった……」

新井部長はにこにこしていった。

「でも、こちらで設計するものとは、桁違いに小さなものと思います。恥ずかしいです」

二郎は部長の言葉に、顔の赤くなるのを覚えた。

「ところで、人事の書類によると、君はとてもよい成績で試験をパスしたね。それに、英語の試験などずば抜けているようだ」

部長は明るく笑っていった。

「はい、そうでしょうか？　私は夢中で試験に臨んだだけでしたが？　英語はいつか海外に行ってみたい、と思って中学生の頃から、時間のある限り勉強してはいましたが……」

「そう、その気持ちは大切です。とてもいいことで、今回の試験につながりましたね。必ずこの部での将来の進み方に役立つし、君には大いに期待できると思います」

「ありがとうございます。一生懸命頑張ります」

二郎の紅潮した顔に、部長は微笑んで、

「まあ、あまり緊張しないで……、君は若い。もう私の設計部を背負って立つ人になったのだから、自信を持ってゆったりと構えて下さい。そこで、先ずこの部の構成を、部のことだから、私の口から簡単に説明しましょう」

と、いって自分も二郎の前のテーブルの席に移って、透明なパーテーションを通して、広い部屋の中をゆっくりと見回してからいった。

「向こう側の奥の半分から少し先までと、その手前の殆どが私の産業機械設計部です。その手前のこちら側のごく一部はボイラー設計部が入っています。つまり、技術本部と呼んでいるこのビルの五階の半分を二つの設計部で使っていることになります」

そして、二郎の反応を窺いながら更に、

「産業機械設計部と聞けば、産業機械とは途方もなく広い範囲の機械設備が考えられるから、さまざまな機種が思い浮かぶでしょうが、実際にここで手掛けているのは往復動型の大型圧縮機と遠心型の送風機、つまり大型のレシプロのコンプレッサーとブロワー、ブロワーも吐出圧力が二キロ以上になるとターボ圧縮機と呼ぶことにしていますが、それらが殆どで、圧縮機設計課、送風機設計課という名で分けて二つの課があるだけです。山田君には部の現状から検討の結果、送風機設計課に所属してもらうことにしています」

といって二郎の顔を真っ直ぐに見つめた。

「はあ、送風機ですか？」

二郎は思わずそういったが、今の二郎には送風機といわれて思い浮かべることのできるのは、先ずは家庭で使う扇風機の類、ビルや大きな建物の天井でゆっくりと回転している換気ファンなど。業務の上で知っているのは一番大きいのが、大月鋳造でキューポラの送風に使っていた遠心型のもの。工場の誰もが十馬力といっていた、所謂、その世界ではごく大出力のモーターがついているターボブロワーだ。

「あんな程度のものを、この会社で製造しているわけはないが？」と二郎は心の内で思い、自然と怪訝そうな感じが二郎の表情に出た。部長はそんな二郎の様子を笑いながら受け取り、

「往復動型のコンプレッサーや、ターボブロワーといっても、ここで製作しているのは一台で出力数百キロワット、或いは数千キロワットというような規模のもので、扱う気体もさまざまで国内外を代表するような産業の主力工事で使われるものです。何れ製作途上にあるのを、工場に行ったときに見かけることがあるでしょう」

と部長は、二郎の理解を促すように真剣な眼差しでいった。二郎は緊張した雰囲気を意識しながら、

「はあ、そうですか。早く見学して、いろいろ知りたいと思います」

と二郎も部長の顔を真っ直ぐに見ていい、部長の次の言葉を待った。

「送風機の場合も、やはり国内外のさまざまな産業で使われるものです。扱う気体はエアーが多いですが、そればかりではなく所謂、瓦斯と呼ばれるもの、身近なものでは都市瓦斯があります」

「ああ、家庭で使う燃料用の都市瓦斯ですか？　最近は同じく燃料用に家庭用として、プロパン瓦斯が普及しているようですが……」

「そういうものもありますね。昔から、今でもそうですが、東京ガスをはじめとして全国の瓦斯会社向けに、主として瓦斯圧送用、それに付随するものを数多く製作しています」

「はあ、そうですか」と二郎は、そういったきり後の言葉が出てこない。何しろ自分の経験範囲外のことなのだ。

「でも、そうしたものは技術的にも非常に安定していて、注文があれば即設計製作できる領域にあります。今、一番力を入れなくてはいけないのは化学工業、それから派生する産業分野や、製鉄です。製鉄の場合にも派生する産業分野は非常に広いのです」

「随分、勉強することが多いようで、気持ちがわくわくします……」

二郎は自分の気持ちを率直にいった。

「まあ、時間も長くなりますからこのくらいにしましょうか？　では次の工程です。設計課長、担当係長、それに日常の、また業務上でも庶務的なことでは面倒を見てもらう庶務課長を呼んで、貴重な新人の山田君を紹介しましょう」

新井部長はにこにこして「ちょっと待って下さい」というと、立って部屋を出るとそばにいる人に声をかけ、暫し話していたが、直ぐに部屋に戻ってきた。そして、

「今いった三人は、丁度今、この階にいるようだから呼びました。きたら紹介しましょう」

といって二郎の前の元の席に座った。部長が座ってもテーブルには五、六人は十分座れる小会議用のようで、三人の方が入っても何の支障もなさそうだ。

数分もすると、三人の方が殆ど同時に入ってこられた。何れの方も、この部屋の誰もが着ている制服のようで、揃いのカーキ色の上下で、上着はジャンパーのような仕立だ。

そのジャンパーの胸にはI重工業のマークが刺繍してあり、その下に各人が安全ピンで留めた所属と名前を示す名札を付けている。

「やっと新入りが入りましたか？」

入ってきていきなりそういったのは、安田の名札を付けた五十代の庶務課長だった。

「そう、やっとだね。数人は必要と申請していたけど、でも、今回は一人だけなので、その一人を大切にしなければいけないということだね……」

部長はそういって笑った。そして、

「皆さんに難関といわれている試験をパスして目出度く入社された山田君を紹介して、後のよろしきご指導をお願いするところです」

といって、三人に目の前のテーブルの椅子に座るようにと手で示した。そして、三人がそれぞれの席に落ち着くと、

「こちらが、今回の技術者募集で世にいわれている難関を突破して入社された山田君です。山田君は夜、K工業大学の夜間部に在学中で懸命に学んでいます。部としてこれには応援をしたいので、通学のためには定時で帰れるように配慮して下さい」

といって三人の顔を微笑しながら窺った。三人が一様に頷くと、

「では、私が話すよりそれぞれで、山田君に自己紹介してもらいましょうか、あまり最初から、怖いと思われないようにね……」

といってにこにこと笑った。最初に話したのは安田庶務課長だった。

「私は部全体の庶務関係の纏めをしている課長で、安田です。山田君と関係のある大方の

実務では、実務に精通している、女性課員が山田君と殆どの折衝をすることになるから、怖い人は一人もいないので心配しないで下さい」

と笑いながらいった。それを聞いていて皆が笑い声を上げると、

「じゃあ、私の番かな」

といって、隣に座っていた中年を過ぎた感じで、小柄な細い体つきの、細かくいろいろ気を遣ってくれそうな方が、

「送風機設計課長の吉本です」

といって立って頭を下げられたので、二郎も慌てて立って深く頭を下げた。その方は言葉を継いで、

「入社以来設計部門で働いてきています。とにかく、先ず、入社おめでとう。君は今後、仕事のことは勿論、その他のことでも困ったことに遭遇するでしょうが、何かあったら何でも私に相談して下さい」

といって笑いかけてくれた。

次は吉本課長の隣に座っていた三十歳を少し過ぎたか、という感じの比較的色白で背の高い方で、二郎は立ったままそちらを向いていたので、その方も立って一礼して挨拶され、

「山田君の直属の係長に当たる谷口です。仕事はたくさんありますよ、期待して待ってい

ました。あまり無理をせず頑張って下さい……」

といってから、自分の言葉にちょっと疑問を抱いたのか、

「無理をせず頑張るというのはどういうこと？　一寸難しい話で、それ自体が無理かな？」

といったので一同が顔を和らげて笑った。そして谷口係長も最後に、自分で白い歯を見せて笑った。

そんな雰囲気の中で、新井部長が、

「丁度いい機会だから、皆さんが一緒に山田君に話しておいた方がよいと思うことは、今、この席を使って話して下さい」

と、三人の顔を一人ずつゆっくり見回していった。そして、

「それが終わったら前から話していたように、山田君は送風機設計課に籍を置くことにしますから、吉本課長と谷口係長にお任せします」

といって三人の顔と二郎の顔をもう一度、ゆっくり見てから席を立って、元の部長の机の椅子に席を移した。

二

その日の午後、二郎はすでに用意されていた送風機設計課の一角に、すべてが真新しい備品に囲まれて設計技術者としての席を占めた。

ここでは、世にいう一流国立大学の出身者とも、同等の席を与えられているのだった。他の誰とも同じように大きな製図板、二つの書架、回転椅子、これまた真新しい設計技術資料類の数々が揃えられていた。

それらは二郎専用に与えられた書架に、ぎっしりと収められている。特に技術資料については谷口係長から慎重な言葉遣いで、

「これらの技術資料集はI重工業の技術基準で社外秘のものです。設計はすべてこれに準拠して行います。内容把握と共に、今後、個人で責任をもって保管して下さい。とりあえず、今日の午後はこの資料を勉強して下さい」

と、いわれて引き渡されたのだ。二郎はこれまでに出会ったことのない大製図板を前にして、技術資料はもとより製図用具、筆記用具などに目を通し、前後左右を見渡し、筆舌に尽くしがたい思いが込み上げてくるのを覚えた。

先ず、プレス工場という町工場の中卒の工員だった自分が、それがついに……、という

ような想いがあった。でも、もう少し違った想い、初めて戦場に出た若者が感じる、戦慄といってよいようなものがあった。

それは、「世の第一線に出た！」という気負った気持ちであり、「道があるからここまできたけど……」という、どこかで聞いたことのある月並な科白の想いもあった。何れにせよそれらの想いと共に微かな不安も、心の内に浮かんできていた。

＊

会社の定時の終業時間になると、二郎は即、退社することができた。その少し前に谷口係長がきて言った。

「今日はもう帰りの支度をしなさい。明日からが本格的になります。そして、明日からは仕事の時間的成り行きを見つつ、定時で帰る段取りは自分でつけて、周りのことを調整して下さい。とにかく、日常を計画的に行動することが大切です」

定時になると、二郎は技術本部ビルの一階にあるビルの受付に降りて、タイムレコーダーに刻印してビルの外に出た。そして、横断歩道のあるところまで歩いて、工場地帯であるからこその広い道路を横切り、東京第二工場の正門の近くにある東京駅行きのバス停に向かった。

横断歩道を横切って右に少し歩くが、途中に第二工場の正門があり、守衛が立っていて歩行者に目を光らせて、それとなく監視しているように感じるところだが、今日は同じ会社の人として逆に親近感のようなものを感じて前を通った。

その先はバス停まで左は第二工場のコンクリートの高い塀で、右側は広い道路を横切って技術本部の裏側に当るが、そこに東京第三工場がある。いかにも工業地帯で味気ない雰囲気だが、今日は第二工場の塀の上をふと見上げ、その塀の上から何本かの高く伸びた樹が枝を外に伸ばし、緑を見せているのを発見し、何となく心が和み嬉しい気がした。

「少しの緑でも、こういう重工業地帯にあるのって、そう、谷口係長のしてくれた気遣いのようで、素晴らしいな……」

二郎は心の内で呟いた。

東京第二工場はI重工業の現在東京にある唯一の造船工場である。それはI重工業のみでなく日本の、東京地区にある唯一の大型造船所でもあろう。

一万トンに近い船舶まではそこのドックで、浸水できる海の深さが東京湾に向かって用意されている。海上自衛隊の船舶も、ここを定期的なメンテナンス工場として利用しているとも聞く。

「近いうち昼休みの時間でも、会社の正規の従業員として工場に行って、本物の数千トンクラスの船舶の進水式を見てみたい……、そういうことができる自分になったのだな」と、二郎は思って感じるものがあった。

この時間だと退社する人の影もまばらで、バスも頻繁に出ているしはなはだ便利である。二郎は朝の通勤時の混み具合からするとかなりゆっくりした感じでバスに揺られ東京駅に着いた。

このルートでのⅠ重工業からの通学は今日が初めてである。大学の始業時間を気にしながら東京駅からは国電の中央線に急いで乗換え、新宿に出た。

「大丈夫だ、これなら授業の開始時間には十分間に合いそうだ」

新宿駅のホームに立って時計を見て、二郎は今更ながら嬉しくなって呟いた。

大学の今日の最初の学科は、一昨年単位を落とし、昨年夢中になって努力し、結果、工業力学演習と共に優の評価で単位取得した基礎必修科目の一つ、数学演習である。昨年の数学演習Ⅰの単位取得で、卒業に必要な単位としては十分だが、より高度の数学演習を望む学生のために、授業数はⅠより少ないが数学演習Ⅱが用意されている。

二郎はこの講義に出席し、この科目の単位も取得したいと考えて出席の届けを出していたが、大月鋳造に勤めているときは、いつも時間に遅れるなどして満足に出席できていなかった。

教室に入ってテキストとノートを取り出しそれぞれのページをめくっていると、担当の山口助教授が白衣を着て、同じく白衣の助手を連れて教室に入ってこられた。

早速、助手の方が出席の点呼を始めた。二郎の名前も呼ばれた。この時間、数学演習の時間の点呼にきちんと出席していて、声を出して返事をするのは今まであまりない。

いつも点呼が終わってから遅れて教室に入るのが多かったのだ。百人近くにはなるであろうか、出席している学生の点呼が終わると、山口助教授は助手の先生のとった出席簿をちょっと覗き、

「今日の一番目の問題は山田二郎君にお願いします。今まであまり出席されていないから、よい機会です。前に出て黒板の上で回答を書き説明して下さい」

と厳しい顔でいって、どこに二郎がいるのかを確かめるかのように部屋の中を見回した。

「えっ……、はい」

二郎にとっては不意を突かれた感じだった。でも、何とか返事は大きな声でして立ち上がった。瞬間、普段出席率の悪い人を名指すのは当然、との思いが頭を掠めた。

二郎はテキストの今日の問題を、立ち上がりながらの動作の中で素早く読んだ。そしてゆっくりとテキストとノートを持って歩み出し、黒板の前に向かった。このところの忙しさの中で、その問題を今日の時間の予習問題として解いてはいないのだ。

うまく回答を書き説明できるかどうかの自信はない。でも、山口助教授がことあるごとに推薦している参考書の一つ、渡辺孫一郎先生著『微分積分学』は、表紙のカバーが汚れて擦り切れ、ハードカバーの中が露出し始めているほど読み込んできているし、昨年はⅠで評価は最高の優を取ったのだからと思い、ⅡはⅠよりかなり難しい問題が多いが、ぶっつけ本番で黒板の前で多少時間を取っても、落ち着いて回答しようと思っていた。

二郎の回答はスローペースで進んだ。テキストを何度も読み返しながら黒板の上に数値、記号が増えていった。

「できた！　これでいいはずだ」

二郎はそう思うところまで回答を書き、山口助教授の顔を窺った。

「うーん……、まあ、いいでしょうか」

二郎には、山口助教授が口元に笑みを浮かべているのを見て、そういっているように思った。それで初めて黒板の反対側を見て教室にいる学生たちを見た。

「えっ、こんなに大勢が……」

二郎はここまで、黒板と向き合っていた。その間には山口助教授と助手の先生しかいなかった。だが、今、自分の一挙手一投足を見つめていた学生たちがこんなにいたのだ、それは教室いっぱいにも及ぶということを、目で見て愕然とする思いで知った。

山口助教授が何もいわないので、二郎は自信を持って、あえて背筋を伸ばす感じで、

「説明をさせていただきます」

というと今まで書いてきた回答の説明を始めた。時間をかけて回答に取り組んだだけに、スムースに説明できた。自分がしたことに対して、自負心が芽生えていた。言葉が滑らかに出て先を急ぐ感じさえ意識していた。

「以上ですがよろしいでしょうか?」

そういったときには心は弾んでいた。

「ええ……、時間をかけて慎重に、というか試行錯誤しながらも上手に解きましたね」

といって、山口助教授は、滅多に笑顔も見せない方だが、にこやかに笑って下さった。教室に誰からともなく拍手が起こって、それはやがて教室中を包んだ。それでも、山口助教授からは回答の順序と数値、それに記号の書き方について改めた方がいい点などの指摘があり、二郎の回答と説明については終了した。

二郎は黒板の前を離れて元の席に戻ると、身体中にびっしょりと汗をかいている自分を意識した。そして、思わず、ふうーと深い息をつき、

「よかった、とにかくよかった……」

でも自分は三年生なのだから当然なのだ、とは思いながら、それでも心の内では快哉を

叫んでいた。

二郎はその日、家に帰ると時間は十一時をかなり過ぎていた。もう少し早く家に着いてもよいのだが、国電の乗り換えに駆け足をするようなこともせず、いろいろあった今日の一日を考えながら、ゆっくりと歩いたので時間がかかったようだった。

妹二人も、一番遅く床に就く方の兄も、すでに床に就いていて、母だけが残って待っていてくれた。

直ぐに食事をして、家族の最後の風呂に入った。風呂の中でも、あれやこれやと物思いにふけった。それらには、大月鋳造を退社したときのこと、申し訳なかったとの切ない思い……、があった。

＊

I重工業での試験の日々、とにかく、応募者の数から世間を知ったとの思いを持ちながら、懸命に試験に臨んだことも勿論あった。

今日、採用決定者として会社に出社し、多くの人に会い、そこで受けた印象……。

おまけに、大学では黒板の前に出ての回答者を指名され、意表を突かれたが何とか落ち着いて対応できたことなど。

それらが走馬灯のように頭の中を駆け巡っていたが、家の風呂に入った安心感で、それらの緊張からは一時的に解き放された。でも、緊張未だ解けずの感は否めないで、風呂から出ることになった。

風呂を出て暫し呆然としていたが、落ち着いたかといったときになって、それを待っていてくれたかのように、母が二郎の顔を窺うようにして、

「今日は大変だったね。歌が出てこないし、新しい職場への初出勤だから、本当に心配していた。いつも風呂に入ると大きな声で何か歌っていたのに……」

と、いって二郎の顔を心配そうに見つめた。

「えっ、そうだったかな?」

二郎は指摘されて唖然とする思いだった。

「二郎の転職がスムースにいかないと、二郎が妹の学費の全部を引き受けていることだって、それに家の家計だって……、困ったことになるよ。いつも歌を聞いて、二郎は今日も順調に仕事をしてきたのだ、と思っていたからね。何か、それで安心していたのだけど……」

母は、顔色は相変わらずで、心配そうにいった。

「そういわれるとそうだね。今度の会社は大企業だけど、給料はどのくらいか心配だな。

でも、会社規定によるということだから世間並みには……、それに何れは定期昇給や、ベースアップというものがあるし、今更、どうにもならないよ」

　二郎は思っているところを素直にいった。

「それは、そうだろうと思うわ。うまく新しい会社に馴染んでくれればと思うだけだけどね……」

「それはそれとして、俺、いつも風呂では何か大きな声で歌っていたね。確かに……」

　二郎は先ほどの母の言葉を思い出してそういうと、このところ、赤と黒のブルースは必ず歌っていたなと思った。

「でも、大丈夫だよ。今日、I重工の初出社だったけど、順調。凄い大きな製図板、書架、一流大学出身者と同じ待遇で一区画を自分の設計室のように与えられた。要するにやるしかないと思った」

　と二郎はいい、今日家に帰って初めての笑顔を作って見せた。

「そう、そうだったの、だったらよかった。実は心配でどうしようもなかったのよ……」

　母はやっと明るい顔をした。

　二郎は母がひどく心配してくれていたのを、この時になり知って一瞬しゅんとした気持ちになった。

「今日はいつもより遅いから……」

二郎は母にはもう少し話し相手になっていたかったが、物思い気な母にそういって、床に就くことにした。

時計は十二時を大きく過ぎて、もう明日という時間に大分入っていた。

床に就いて、このところの幾日か赤と黒のブルースを忘れていたなんて……、由美と自分との青春を象徴する歌だったのに、と思い、由美に申し訳ないことをした気がし、自責を感じつつ眠りに入った。

三

翌日の朝、I重工業での実質的な初日、二郎はかなり早い時間に緊張して出社し、自分の席に着くと昨日の続きを始めた。

始業時間になると吉本課長が手招きし二郎を自分の席の前に立たせ、課員全員に声をかけその周りに集めた。おおよそ三十人ほど、と二郎は思った。そして課長は二郎を全員に紹介した。全員が二郎の顔を見て頭を下げ、その後一斉に拍手してくれた。

「皆様、よろしくお願いします……」

二郎はそれだけいって深く頭を下げ挨拶したが、皆が揃って拍手してくれたことに感激した。

それが終わって散会し、二郎が自分の席に座って直ぐだった。谷口係長がきた。そして、

「山田君には、今日は身の回りの整理が未だたくさんあると思うけど、早速、工事番号を持って実務の仕事です。早いとは思うけど、慌ててする工事ではないから緊張しないで、いろいろ仕事を覚えながら……、それに工事をそれぞれ誰かに分担してもらっておかないと、私も落ち着かなくてね……」

と笑っていい、同時に三十歳くらいかと見える、追田さんと呼ぶ方を二郎の席に連れてきて紹介した。

「はい、ご指導、よろしくお願いします」

二郎は追田さんにそういいながら、早速の実務と思って嬉しかった。

「当分の間、追田君が山田君の面倒を見てくれます。山田君は工事の担当者として、一つの工事番号を持って、その出図などするわけですが、追田君が心得ているから、よく訊いてやって下さい」

といい、追田さんには、

「一つの工事を持って仕事をするのが、結局のところ、一番早く仕事に慣れることになるし、覚えることにもなるかと思うのだ……」

といい、二人でよろしくやって、という感じで二郎の肩と追田さんの肩に手を置いてポンポンと叩き、二人が納得したのを確かめてから、いいですね、という感じで二人を見て、「よろしく」といって、自分の席に向かって去った。

谷口係長が去ると、

「よろしくお願いします。これから暫くはパートナーになりましたね……」

と、追田さんは改めて笑いながらいった。

二郎は、びっくりして恐縮し、「とんでもない。それは私がお願いすることです」と慌てていった。

「では、ここでは落ち着いて話せないから、あちらの席で話しましょう」

追田さんはいって、送風機設計課のコーナーにある、数人が座って話せる小会議用と思えるテーブルを手でさした。幸いそこには誰もいなくて、空席になっているようだ。

二人はそこに筆記用具と二郎は教わったことはすべて記録しておこう、と思っているノートを持って移動し、テーブルを挟んで座った。

「山田君の場合、ただ、工事番号を持って仕事するということを谷口係長はいっているけれど、それはそれで係長がいわれるような意味もあるし、私はその指導の仕方は当然と思います」

　追田さんはそういって二郎の顔を窺った。

「はい、私もそう思いますのでそのようにお願いします」

　二郎は緊張して答えた。

「ええ、それはそれでいいのだが、でも、その前に全社的に見て、施主（お客様）から仕事の注文をもらって、それが自分のところに実工事として流れてくる過程、そのときは見積番号、見積図面、というものが先行して施主との間にあって、受注に成功すると工事番号になって流れてくるのですが、それからは自分がそれらを基準にして施主との契約を理解し、施主の承認も得ながら仕事をして、それが工場の生産ラインに乗ることになる、ということがあるのです」

　追田さんは二郎の顔を見ながら、慎重な面持ちでいった。

「はい、よく分かります。お話の通りだと思います」

　二郎が応える様子に、追田さんは先ずここまでを理解してもらえれば、という面持ちでにっこりした。そして続けた。

「今度は社内関係でのいろいろな過程があります。それらを知っておかねばならないと思いませんか？　というよりも、一つの工事を纏めるとき設計部が社内では中心になるのです。それらの仕組みがどうしてそうなるのか、知っておきたいと思いませんか？」

と二郎に先ほどの続きで心を開いてか、笑いかけるようにしていった。

「はい、その辺が未だよく分かっていなくて、おっしゃる通りだと思います。その辺をよく理解してないといろいろ困ると思います」

二郎は素晴らしいことをいって下さる、さすがI重工業の設計部の方……、と思った。

「では、そこのところの詳細から話しましょう。最初はノートに書くでしょうけど、そのうち理解してしまえば大したことでもなくなりますよ」

そういう前置きがあって追田さんが話してくれたことは、いかにも生産財製作会社の仕事のプロセスとして納得できるものだった。二郎が理解しノートした概要の要点はおおよそ次のようだ。

一、施主は自分の設備（営業して利益を生むための生産設備。輸送船、客船、圧縮機、送風機など）の仕様（輸送船なら何トン、客船なら乗客数何人、圧縮機、送風機なら容量、圧力など）を示して製作費、設備の大きさ、性能、形状などの見積を設備の製作会社に先ず求める。

これを書類（金額を表示する見積書、その内容を示す仕様書、及び見積設計図等）にして施主に提出するのを見積るという。

見積と、施主との折衝は本社にいる営業部が社内を取り纏めて代表して行う。勿論、見積書を作成するためには、設計、予算、工場の各部門の見積専門の担当者による協力が不可欠だ。

二、見積書が施主に提出されると、施主は同じ条件で他社にも見積を依頼するのが普通で、各社の見積を比較検討して発注先を決定する。

三、その結果、I重工に受注が決定すると、営業部は製造命令書を発行する。製造命令書は総務部で受け付け、受注直後会議を主催し、社内各部門と検討、工事番号を定めて公表し、製作工場、製作日程他を協議決定し、正式な製造命令書として社内の各部門に発行する。

「もうお分かりかと思うけど、谷口係長が盛んにいっていた工事番号とは、このことをいっているのです。係長は製造命令書を受け取って、自分で握っていたのでは設計部の設計業務は進まないから、担当者を決め工事番号（製造命令書）を渡し担当を決めないと気持ちが落ち着かないというわけです」

追田さんは二郎の緊張した顔に、谷口係長がいっていたことの意味を、ここまでで説明したと思ったのであろう、嬉しそうに笑いながらいった。

「いいですか？　これまでのこと」

追田さんはいい、更に、

「上手でない説明で、普通、これだけの説明事項は、定期採用の学校出たての社員だと、入社後の研修で、それぞれの部門で講習を受け、三ヶ月はかけて何とか理解してもらうのです。さすが、山田君は即実務担当の技術者として採用されただけのことがあります。僅か、二、三時間以内で質疑応答しながらですが了解してもらいました……」

追田さんはまともに二郎を見て、感激した眼差しでいった。

「いや、追田さんのご説明が、本当に要領よく進めて下さったから」

二郎はそういいながら、プレス工場や、特に大月鋳造で、工場、設計、検査、営業など、いろいろな分野を経験させてもらったのがよかった、と内心では思った。追田さんはそんな二郎に、

「それでは工事番号を持って一つの工事を担当してもらう話に、具体的に入りましょう」

といい、手にしていたファイルを開くと、一枚のＡ４サイズの薄茶色で、厚めの紙に印刷された用紙を取り出した。

「これが今回、山田君に担当してもらう工事の製造命令書で、この設計部にきたものですが係長から前もって受け取っています。とりあえず内容に目を通して下さい。実際工事の

具体的な進め方は、その都度説明しますから、後はその通りに進めてもらえば工事完成まで進めます」

二郎は受け取って、直ぐその書類にざっと目を通した。書類の冒頭には工事番号があって、その後に何列にも及んで項目がある。施主、工事名、請負金額などである。

少し下の行に移ってゆくと製作する機械の大まかな範囲での仕様、工期、日程などの項があり、そこには設計、製作、据付け、などを示す工程が棒線で示されている。

一読して二郎は、ああ、こうした書類で一つの工事の進め方を全社に指示しているのだ、先ほど説明があった受注直後会議の結果が、ここにすべて記されているに違いないと理解した。だから、この書類をじっくりと読ませてもらえば自分が担当する工事の概要は把握できると思った。

「はい、この書類でどういう工事を担当させていただくのか、それはおおよそですが、よく分かります。でも、どのように設計図を描くのかとか、その図面をその後社内にどう手配して進めるのかという詳細になると？」

といって追田さんの顔を窺った。

追田さんは二郎の答えに十分満足したようだった。そして、笑顔でいった。

「勿論ですよ。実際工事の進め方については、ここまでの話では誰でも、どんなに優秀な方にも分かるわけがない。見積照会があったときから一つ一つ工事の受注前から検討してきて、受注したらこうしようと考えてきているのですから……」

「あっ、そうなのですか、だったらそれを教われるのですか？」

二郎はふっと安心していった。

「それを教えるのが私の役目。今日は思いの外、よく理解してもらってよかった。実際工事については、資料、つまり見積時の設計方針、見積設計書、その他引き継がなくてはいけない書類など、私にも準備する必要があるから、明日、私が声をかけ、それからにしましょう。今日はその製造命令書を詳細に検討しておいてもらうことと、昨日、谷口係長から説明を受けて受け取ったI重工業の設計技術資料、それらによく目を通しておいて下さい。その資料が使いこなせないと、実工事の設計はとても無理ですから」

追田さんはそういい頑張って、というように二郎の顔を見て、笑いながら二郎の肩を叩くと自分の席に戻っていった。

四

その日の午後、二郎は追田さんから受け取った製造命令書を詳細に検討して理解することと、次には技術資料の一冊目からじっくりと目を通す作業に没頭した。

定められた時間までに何をどうこうするという仕事ではないので、何か気持ちの上では余裕があった。夕刻の終業時間に近くなり、ふっと、「忙中閑あり」というのは、きっと今の、自分のこの一時をいうのかな？　と思いながら忙しそうに過ごしている人たちを見回したりした。

＊

大学の始業時間には今日も間に合った。一般教養科目である経済学の講義を始業時から聞いて、興奮し、また感激もした。

うすうすと知識を得ていたマルクスの資本論で、基本的には講義されていると思った。労働時間で価値を量る、価値と価格との乖離、という言葉を聞いては、間違いないと思った。

中年の講師は自分もその論理に没頭してか、額の汗をハンカチで拭い、口角あわを飛ばすという雰囲気になって講義してくれた。

講義時間が終わると、学生の誰もが感激していたのであろう拍手が起こり、それは全教室に広がり、二郎も懸命に拍手した。

二郎は、一般教養科目に数多く出席できるようになった自分に心の余裕を感じ、大学に入学して単に工学だけでなく一般教養科目で、こうした講義を聴くことができるようになったのが堪らなく嬉しかった。今後も政治学や、法学、英文学、第二外語のドイツ語、美術などの科目にも、努力してできる限り多数出席したいと思った。

大学の帰路、新宿駅の公衆電話機がずらりと並んでいるコーナーに目を留めると、どうしても由美に電話したくなった。

少し遅いかな？　とは思ったが足がそちらに向いていた。幸いにしてかなりの数の十円硬貨を持っていた。ダイアルを回しながら、由美が出てくれるか、或いは由美の母が出るかは分からないが？　との思いが頭を掠めたが指の動きは止まらなかった。

電話には由美が直接出た。

「やっと電話してくれたのね。もう、母にも公認になっているのだから、遠慮はないはずで、そろそろ電話あるかと思って待っていたのよ。新しい職場ではどうしているかも知りたくて……」

由美の声は弾んでいた。二郎は嬉しくなって、

「早く連絡取りたかったけど、電話できるのは夜になるから、気が付くと、いつも遅過ぎる時間になってしまっていて……」

と思わずいって、由美の様子からして大橋母娘は、二郎には以前と同じ気持ちを持ってくれている、と確信した。

「遅くてもいいのよ。このくらいの時間なら大抵は起きているから」

由美の声は相変わらず明るく弾んでいる。

「仕事の方、すべて順調。大会社の設計エンジニアとして、誰にも劣らない席一つと専用の設備を与えられています。私も世の第一線に出た、と思って緊張し、責任も感じているといった状況で、この数日を過ごしました」

二郎は思っていたことが、素直に口を突いて出てきたのに自分で感動し、涙ぐむような気分になった。

「凄いわ。世の第一線に出たという感じね……」

由実の次の言葉に二郎は目頭を押さえた。でも、手に握っている十円硬貨が早くも残り少なくなっているのを感じて、

「今、新宿駅の公衆電話です。十円硬貨が切れそうなのでこの辺で電話は切りますが、近

いうちにまた電話します。そのときに、大学は八月になれば夏休みになるし、次に会う相談をしたいと思っています」

と、つい慌ただしく言葉を速めていった。

「あっ、そうなのね、分かった。頑張って……」

由美の言葉も慌ただしかった。そこまでで最後の十円硬貨が、ガチャリと落ちる音がして電話は切れた。

電車に乗って、つり革にぶら下がってから二郎は思った。学園祭の後由美の家を訪ねてから、もう二ヶ月以上経過しているが、未だ由美には結婚を対象とした男性は出てきていないようだ。でなければ、由美はあんなに明るく対応してくれるはずがない。

でも、それを素直に喜んでよいのかどうか？　二郎の気持ちは複雑だった。何しろ、由美の母が心配するのは当然で、由美は二郎より二つ年上なのだ。

由美の誕生日は訊かないでいるが、誕生日がくれば、或いはきていれば二十五歳だ。二十四と二十五歳とではひどく感じが違うのだと思った。

「私を待たせ、オールドミスと呼ばれたりしたら可哀想だ……」

二郎が心の底で考える声だ。もう、由美は適齢期の真っ盛りなのだ、と二郎は痛切に思う。

だから、二郎より優れた人で、由美の年齢にマッチした男性が現れたら、自分は素直に認めて由美の気持ちに任せ、由美がその人とその気になったら、祝ってあげなくてはならないと考えていた。

その裏には、自分の結婚可能な年齢はどう考えても今から五年以上先、という自分の境遇とそれゆえの将来について、具体的に考えられるからだった。

由美のかけがえのない花の盛りを、自分のために無駄にさせてはならない、それは罪だと思うのだ。

「でも、由美さんとはできればいつまでも……」

電車が大きく揺れて身体のバランスを失いそうになって、吊り革を無意識に強く握ったとき、心の底の底からの叫びが胸の内で言葉になった。

*

翌日の朝、出社して始業時間になると追田さんがきて昨日のテーブルに誘った。腕に抱えるほどの書類や図面を持っていた。

「さて、昨日の続きです」

追田さんはそういうとテーブルに向き合って座り、持ってきた書類をテーブルに広げた。

それはＡ４サイズの見積仕様書、計算書、同じくＡ４サイズに畳んだ図面類だった。

「これらをもとに、今回の工事の設計をして出図をすることになります」

追田さんはそういうと、二郎がすでに製造命令書を読んでいるという前提で説明をしたが、その概要は次のようで、二郎は懸命にメモを取り、ときには質問をしながら聞いた。

製造命令書によると、施主は大手の化学プラント建設会社で、製品は七〇〇キロワット、四段のターボブロワー二台、設計製作、現地据付試運転、配管工事も含む。工期は約一年、用途は化学工業用、取扱瓦斯は空気となっている。

追田さんが最初に説明したのは、三年ほど前、別の化学プラント建設会社に、このブロワーに非常に近い仕様のブロワー一台の実績があることだ。

そのブロワーは八〇〇キロワット四段、風量風圧は若干風量が大きく、吐出圧力はほぼ同じであるという。

「実はそれがあったので今回の工事の受注も容易になったという事実があります。お分かりでしょ？」

追田さんは笑いながら二郎の顔を窺った。

「えっ！　つまり……、受注のための見積が正確にできたとか？」

「そう、その通り。更にいえば類似の工事を経験しているので工期確保や、性能をきちんと出すための設計製作上のリスク、それが極度に少ないというのがあります」

追田さんはそういうと、二郎の回答に満足してか嬉しそうに笑った。

その後の追田さんの話は、テーブルに前回の八〇〇キロワットのブロワーの図面や計算書類を広げ、その実績の説明だった。そして、その実績を参考にして今回の七〇〇キロを設計すれば、設計は非常に容易に、またリスクの小さなものになるというものだった。

「なるほど、確かに……」

二郎は最後には心から納得していった。

「ここに前回の八〇〇キロを製作したときの計算書、図面類、またその結果として完成したブロワーの性能についての書類がすべてあります。これを参考にして今回の七〇〇キロを設計出図して下さい」

追田さんは、それが今朝の打ち合わせの結論であるかのごとく微笑していった。

「えっ、そういわれても……」

二郎は思わずそういっていた。自分は未だブロワーの設計をしたことがない。追田さんの話は一寸飛躍し過ぎていないか？　と思ったのだ。

「ええ、そうですね、無理ですね。山田さんは未だブロワーの設計をしたことがないのだから……」

追田さんは笑っていった。そして、

「ここに私がしたのですが、今回のブロワーの基本的な設計計算をした書類があります。これをよく検討して理解すれば後はできると思います」

といって、かなりの枚数の計算書と思しき書類を二郎に手渡した。そして、

「その計算からすると、前回の八〇〇キロの図面の一部を変更すれば、ローターの回転数も大きくは変えないで済ませるから、増速ギヤ装置を含めて大部分は、殆どそのままに近い感じで今回の工事に利用できるはず。変更しなければいけないのは、回転部では翼の形状、それに伴って吸入口と吐出口が主なところとなるでしょう。インペラーの径は僅かながらも変更しなければいけないかも知れません。でも、ケーシングの図面は大きく変えずに済みそうで、設計の工数はかなり軽減できます」

「はい、そうですか?」

二郎は手渡された設計書を最初から時間のかかるのを無視して読み、広げられた図面を照合もして内容を理解しようとした。そして、幾つもの質問もしてなるほどと思い、追田さんの顔を見ていった。

「これらの書類と図面、冷静に読んで時間をかけて検討すれば、お話のように今回の七〇〇キロは設計でき、工場への図面も作れると思います」

「凄い！　勿論、もう手を貸さないというわけではないし、できたものには出図前に、私も谷口係長もチェックしますから心配はありません」

追田さんは嬉しそうにいった。そして、

「一応これで七〇〇キロ二台について引き継ぎは終了。工事番号はあなたの責任で処理することになります。出図に当たっての実務の質問、現地配管や据付についても困ったらいつでも相談して下さい。でも、その辺については最初の工事だし、いい機会だから、一度現地に出張して現場を確認したらいいでしょう」

追田さんはそこまでいって、引き継ぎが終わってほっとしたというように顔色を和らげた。

二郎は、さて、それにしてもこの書類や図面、かなりの時間をかけてじっくり検討しなくては、と一寸考え込むような面持ちで、追田さんの顔を見つめた。

そんな二郎の様子に追田さんは、

「先ずはお任せしますが、初めての仕事だから慌てずに、落ち着いて進めた方がよいですよ。少し仕事の目途がついたと見ると、係長は次の別の工事の工事番号を直ぐに持ってきますから」

と笑いながらいい二郎の肩をポンと叩き、テーブルの上に持ってきた書類も図面も、すべて残して自分の席に去っていった。

二郎はその後ろ姿を見つめながら、そう、自分も一人前の設計技術者として見られているのだ、と思い何か誇らしいような気持ちを意識した。

五

二郎がI重工業に入社した昭和三十四年（一九五九年）七月、その頃の日本は？　それを大きな目で見ておきたい。

国際政治の上では安保条約の改定、前年からさまざまな交渉がアメリカとの間で行われた。そして、翌、昭和三十五年一月、実に二百数十回以上の会議を行った後に最終合意に達した。

国内で注目されたのは、三井・三池炭鉱の労働争議。会社側三井鉱山は六千人の人員整理を労働組合に提案、八月、交渉は折り合わず、その後一年に及ぶ世の注目を大きく集めた、激烈としかいいようのない三池争議と呼ばれた争議があった。

一方、日本経済は前年にいわれた、「なべ底景気」を乗り越え、ＧＮＰ一〇パーセントを超えた成長率を達成。これは神武景気以来の好景気で重化学工業部門の新たな設備投資の増大が原動力となって、促進したといわれ、岩戸景気と呼ばれた。

自動車の普及も目覚ましいものとなった。日産・ブルーバードと、トヨタ・パブリカが発売され、マイカー時代が始まった。若者の間にはオートバイが流行し、所謂、暴走族、カミナリ族と呼ばれる若者たちが登場し、世の注目を集めた。

インスタントラーメン、インスタントコーヒーが新発売されたのもこの頃だった。高度成長は消費革命をも引き起こし、食生活の面も大きく変えていった。

＊

八月に入って、大学は九月半ばまでの夏休みが始まった。二郎はその間、会社では殆どの日、二時間程度の残業をした。何しろ周りの誰もが忙しく定時に帰る人がいなかったのだ。

そんな中で谷口係長からは、できれば夏休み中は残業に協力してくれといわれた。二郎もプレス工場や、大月鋳造での夏休みのことを考えて素直に係長の言葉には従い、むしろ積極的に協力した。

自分が担当の工事番号以外の、他の設計者への協力としての、一定時間で処理できるこまめな設計計算や製図の仕事が、毎日のように手渡され、残業時間はそれらの処理で追われながら夏休みの期間が過ぎた。

＊

大学の夏休みが終了し授業が始まって、十月に入っての日曜の朝だった。いつも夜の遅い二郎に、家族は日曜日の朝については、二郎が起きるまでそっとして寝かしてくれる習慣になっていた。

今日も九時頃になって一人で朝食を摂っていた二郎に母が、食事を終わったら時間があるかと訊いた。

「今日でなくてはいけない予定はないけど……」

二郎は母のいい方が何か改まった感じなので、一寸考えながら応えた。

「だったら二人で落ち着いて話をしたいし、今日はこんな秋晴れで外に出て歩いたら気持ちがいいから、一緒に見学というか、歩いて見に行ってみたいところがあるのだけれど」

と母は、笑い顔も見せずにいった。

「えっ、何なの？　今、何のことかだけでいいからいってみて、気になるな」

二郎は食事しながらいった。

った。

「兄の年雄のことなのだけど」

母はそういって周りを見回し、誰も聞いていないのを確かめる素振りをして、一緒に行って見てみたいのは、東本郷に最近建った一寸大きな部屋がたくさんあるアパートだといった。

東本郷は家から歩いて十数分、川口駅寄りに行った鳩ケ谷と川口への道路が交差する辺りで、鳩ヶ谷と川口へのバス停があり、近くに市の支所もあって人が集まるところだ。

二郎はアパートを見に行くという話に、一体何事かな？　と怪訝に思った。兄が結婚して夫婦でアパートに住むのでは？　という思いが頭の端を掠めたが、兄は昔の習慣ではこの家の惣領であり、まさか……、と思い一瞬の間にその考えは頭から離れた。

それより、母にしてみればあまりにも上天気だから、外を歩いてゆっくり話をしたいと思ったのだろう、と考えてそれ以上は訊かず、

「そう、食事が終わったら支度して行こう」

と応えた。母の話の目的はよく分からなかったが、とにかく、母のいう通りに行動しようと思ってそれ以上訊かなかった。

家を出て、東本郷に向かって歩きながら母が話したことはこうだ。

来年春、兄の年雄が結婚しお嫁さんが家に入って、一緒に生活するようになる。

話を纏めてくれたのは年雄の会社、プレス工場の上役に当たる人で、二郎もプレス工場にいた頃に知っていた佐田さんという方だ。

佐田さんは年雄が男とはいえ今年二十九歳になるのを心配し、お相手を自分の出身地の茨城県の知り合いの家から探してきて、お見合いを取り持ち、結婚まで運んでくれた。

お相手の名は君江というが今年二十七歳になる。適齢期を外しているが年雄との年齢差からすれば丁度いいわけで、母はこの数年来、年雄の結婚が心配の種だったから、年雄がいいというので一も二もなく賛成し、佐田さんに纏めてもらうように頼んだ。

二郎の知らないところで話を進めてしまって二郎にはすまないと思うけれど、年雄も年齢が年齢だから承知してほしい、と母はすまなそうな顔をしていった。二郎はそこまでの話を聞いて思わず、

「いいお話じゃないか、当人同士がよければ私の考えなんてどうでもいいことで、よかったと思うよ」

といって、母の話に同調して笑顔で母の手を握り、自分の気持ちを表現した。二郎にしても、兄の結婚はとても気がかりなことだったのだ。

「そういってくれるとは思っていたけど……」

母はそういってから暫し考えて、いい難そうにしていたが、

「それで、二郎に頼みたいことが大きくいって二つできてしまって……」

といって暫し沈黙して考える様子だったが、思いきったようにいった。

一つはあの狭い家に夫婦の独立した部屋を設けないといけなくなった。そして年頃の二郎が一緒に住むのは、いろいろと考えて無理だと思う。

だから、二郎は外にアパートを借りて移って欲しい。それで、東本郷にできたアパートが丁度いいかと思って、今、案内して見にいこうとしているのだといった。

二つ目は今の家に建て増しして外側に廊下を設け、また、台所と玄関にも手を入れるなどしたい。

そうすることで兄夫婦のための独立した部屋を設ける。だが、費用の問題がある。更に結婚式を家でささやかにでも挙げることになるが、その費用も必要だ。

今の家には心がけてはきたけれど、それだけの蓄えはとてもないから、私も、年雄も伝手を頼ったりして、できるだけのお金を用意するつもりだが、頼みは身内の二郎で、すまないができる限りの協力を頼みたい、というものだった。

「私の今ある貯金と、今度の会社は大企業で、今、事業は活況を呈している。自分は中途採用だが今年の暮れには多少のボーナスを期待できる。それらは使ってもらってもいいけど……」

と二郎は、兄の結婚で嬉しくなった気持ちに任せて思わずいった。

でも、そういいながら先日大学の夏休み中に、谷口係長に話し、その日は残業なしで退社さしてもらって、帰路、川口駅の近くのレストランで由美と会い、I重工業のこと、入社試験、新しい仕事のことなどを話したとき、互いに交わした会話の一節が、キーンとした感覚で頭を掠めるのを意識した。

＊

由美と一通り話した後、もう席を立つ時間と思われる頃になって、二郎は由美の顔を真っ直ぐに見て多少微笑を交えていたと思うが、

「ところで由美さん、私が心配……、いや、そうでなくてお祝いをいわなくてはいけないような人、現れましたか？……」

と思いきって、気持ちの上では思わず手の指を握り締めていたほど、緊張しながら切ない気持ちで訊ねたのだった。

「えっ！　そんなのあるとしても未だ先よ、今は二郎さんのことばかりしか考えてないわ」

由美は頬を赤らめて快活にいった。

「私としては経済的裏付けがないと、と思って先ず貯金することだと真剣に考え、毎月少しずつですが実行しています。だから……」

今度は二郎が頬を赤らめていったのだった。

＊

兄の結婚、それも三十歳近くでとなれば家中で協力し纏めなくてはならない。協力するのは当然のことだ。二郎はそう考えたが、先日、由美にあんなことをいった矢先なのを思い出すと、心が複雑に沈むのを意識しないわけにはいかなかった。

「由美さんと結ばれる可能性は、また少し遠くなったわけだ……」

二郎は歩きながら、母に聞こえないように下を向いて小さな声で呟いていた。

六

そんな話をしながら歩いてくる間に、二人は東本郷の交差点を望む坂の上にきた。

「ほらあそこに見える木造の大きな建物、あれが見にきたアパートよ」

母は下の方、交差点からは少し右に建っている、その辺りでは特に大きな建物を指さして、自分はここまで考えていたのだ、ということを二郎に知ってもらいたいという雰囲気でいった。

「えっ、あの建物、あれがアパートなの?」

二郎は、この道を通勤通学の自転車では使っていない。時々バスを利用するとき、この道をバスは走っているがアパートの建物は見損じていて、今日、初めて見た。実用一点張りで建てたと思える、いかにも田舎くさい外観だ。二郎はそう思ってあまり興味がわかなかった。

二人はそれから後、ほとんど話をすることもなく母の案内でアパートの前に着いた。

「私は先日、支所にきたとき一寸寄って、管理人さんと話して中を覗かせてもらったのだけど……」

母はそういって、二郎にも一応中を覗いたらどうか、といった様子だ。

「今までに新築の、いや、アパートの部屋というもの、見たことないから、一応、どんな風にできているのかは見ておきたいと思うけど」

二郎はいったが、自分がここに住むのはあり得ないと思っていた。自分がアパートに一人で住むなら会社への通勤の便を最優先して考え、アパートの場所は決めなくてはと思っている。

例えば川口駅の近くとか、もっと勤め先と大学の位置を考えたら赤羽駅とか新橋駅の近くとか、家への距離を考慮したら赤羽駅の近くで歩ける距離がいいかな、などと漠然と頭に浮かべた。

母は自分の通勤についてどう考えているのだろうか？　バスで川口駅に出るとすると、家の近くのバス停からのバスはあるが、一日に何本と数えるほどしかない。

通勤に使うとすると六時三十六分の一本しかない。そのバスは越谷からくるものでバスがきても満員で停車しないで行き過ぎてしまうことがしばしばある。

それで二郎が頼りにしているのは自転車だが、晴れた日ばかりではない。雨や風、雪の日だってある。とにかく、川口駅に出るまでが大変なことなのだ。そういう現実を、母は今まで考えてくれていなかったのだろうか？　と思った。

「管理人さんに見せてもらうように話そう」

母はそういうと二郎を連れてアパートの中央の入口から中に入り、管理人の部屋に案内した。管理人は大分年輩の男の人で、母と二郎を前にしてにこにこと笑って、

「未だ空室は幾つもありますが時間が経つと埋まってしまう。借りるなら部屋の選択もできるし早い方がいいですよ」

といって、「現在空いている部屋を一通りご案内しましょうか?」と二郎の顔を見ながらいった。

「ええ、部屋も見たいし、費用の点も知りたいです」

二郎はいって、あたかも自分が部屋を探しているかのごとき態度を示した。

＊

今空いているという何室かを案内してもらい、入居に必要な費用もそれぞれの部屋について訊いて、母と二郎は帰路についた。アパートを出て坂を上りながら二人は無言だった。入居に必要な費用、礼金とか敷金、前払いする毎月の部屋代、それらの合計額、それが二人を圧倒していた。坂を上りきって少し歩いてから、二郎がやっと口を切った。

「一番小さい安い部屋にするとしても、当面、お金の出所はないいな」

「そんなに額がかさむとは思っていなかった。二郎には年雄の結婚でお金を出してもらって、直ぐ後になるわけだし……」

母はそれだけいうとまた沈黙した。

「まあ……、私が家を出るのは、今日、明日のことではなし、何ヶ月かあるわけで、いろいろ考えよう」

二郎はそういって母の顔を窺ったが、母は無言で俯いて歩いていた。そんな様子にふっと思った。

「昔、昔といって百年とは経っていない。その頃は家制度の時代だった。兄は惣領で家を継ぐ、自分は次男で所謂、部屋住みといわれる立場。母の時代の人たちにはその時代の名残の観念、或いは考え方というようなものが、時代は大きく変わっても、それぞれの親から薄れながらも伝わって、心の底に意識しなくても残っているのかな？……」

二郎はそんな思いが脳裏を掠めるのを振り切るように、顔を上げて前を向いて歩いた。とにかく、自分が今の家を出なくてはいけないことは確か、との思いが心に充満した。そして、それをなすためには大変な費用負担が必要なのを思った。更に先ほど母から依頼された、兄の結婚に伴うお金の協力も、重くのしかかってくるのを意識した。

「お金、困ったわね。どうにもならないね……」

突然、母が顔を上げると、二郎の顔を窺うようにしていった。

「あれも、これもということになるからね……」

二郎はそういいながらピンチとはこういう場合をいうのかな？　と心の底で思ったが、努めて明るく、

「まあ、未だ少しは時間もあることだし考えよう。それよりないものね……」

といってすっかり塞ぎ込んでいる感じの母の気持ちを、少しでも楽にしてやりたいと思った。

＊

数日が過ぎてだった。二郎は大学から家に帰る途中の夜、自転車に乗って進んでいて、一つの考えにはっと胸を突かれた。それは、先日母とアパートを見に行った帰りに心の底で思った、ピンチという言葉から生まれたと思えた。

あのとき以来、今のピンチを切り抜けるには？　と、絶えず心のうちで言葉にし、考えている。そのピンチという言葉が引き金になったのだろう。

「I重工業の設計部では確か豊洲にある独身寮から通勤している人がいた。自分もその独身寮に入れてもらえないか？」

ということを思いついたのだ。

「窮すれば通ず、という言葉がある。ピンチには通ずる道がある……」

二郎は自分の思いに感激し、声に出して何回か夜空に向かって叫んでいた。

翌日から一、二週間かけて、二郎は豊洲の独身寮から通勤している部員の何人かに、それとなく寮の様子を訊いた。それで分かったことが幾つもある。

一つは、豊洲の独身寮は職場まで徒歩で十分足らずの距離にある。二郎の通勤通学からすれば夢のような環境である。

二つには、食事は食堂があって賄いの人がいて、食堂で朝と夜決まった時間内に、食券を出してそこで食べる。洗濯設備として共用の電気洗濯機が置かれて利用でき、風呂は共同のものが設備されている。部屋を借りる費用、食事、その他の生活費はアパートを借りて自炊するのと比較すると極端に安く済む。

三つには、部屋は三人部屋と二人部屋がある。勿論、三人部屋の方が大きいが、何れも住宅難の時代を反映して雑居という感じでかなり狭い。

四つには、寮は本来、地方から新規採用の社員のために設けられていて、住宅難の折から入寮は非常に難しい。

入寮者にも定年という年齢制限があって、三十歳までしか入居できない規則だという。

四つ目の項を耳にして、二郎は最近、新聞やラジオのニュースで聞いた、住宅公団が建設した晴海地区の鉄筋コンクリート建ての華麗な高層集合住宅について思いを新たにした。

マスコミではそれをマンションと呼び、中産階級の家族向け住宅として、その華麗さと住宅の現代的な設備を近代化の象徴として取り上げていた。入居は一般に公募されたが当選率は数十倍だった。

何しろ戦争で東京は焼け野原になり極度に住宅が減って、未だに都内では、間借りをして生活している家族も数多あるほどの、住宅難の最中なのである。

その上に住宅難を助長するものとして、時代は核家族化に大きく動いている。今は住宅難の極みにあるといってよい。

「未だ入社して四ヶ月程度しか経っていない。不定期採用の私が独身寮への入寮を強く申し出るのは、一寸傲慢で無理かも知れない。場合によって試用期間は過ぎてはいるが採用が問題になることもあり得る」

これは二郎の実感だった。それで、直ちに申し出るのには、どうしても気が引けて、幾日も逡巡して日を送らざるを得なかった。

だが、今のピンチ、それを解決してくれる具体的な、そして現実の解決策は独身寮を知った以上、他にあり得ない。とにかく、自分の今ある事情を、係長を通して課長に話して、課長は入社して最初の部長室での面談のとき、困ったことがあったら何でも相談してくれといってくれていたから、直接自分からも依頼しようと思った。

勿論、入寮を管理しているのは人事部とか、総務部であっただろうが、そこに交渉してもらうのは上司を通してしかない。入社四ヶ月の自分には何もできない。二郎はそう考え、その実行について数日間、あれこれと心の内で逡巡し通したが、

「今は人生の上でピンチなのだ、今、それに遭遇しているのだ。自分で努力するよりない」

と、自分に言い聞かせ、それを復唱することで実行に移す決意をした。

其の六

一

結局、二郎が独身寮入寮の希望を谷口係長に訴えたのは、入寮を思いついて十日以上が過ぎてだった。

昼休み、二郎は係長が一人で席にいるのをみすまして、おずおずと近付き、「あの……、お願いがあって聞いていていただきたいのですが」と切り出した。

「えっ、何？」

係長は二郎の緊張した様子に驚いた顔をしたが、自分の前の椅子に座るようにといった。

「実は家の事情、通勤の事情もあって、豊洲の独身寮に入れてほしいのです」

二郎は緊張した顔を上げると、係長の顔を見て一気にいった。

「独身寮というと豊洲の八寮か、九寮？」

「ええ、どちらでも。実は私、独身寮に入らないと、自立して生活できない経済的な事情になってしまっていて……」

「分かった。でも、交渉を人事課にするのは課長だよ。私も事情を訊いて応援するとして、事情は課長と一緒に訊こう」

係長はそういいながら課長席の方を窺った。吉本課長は席に座って新聞に目を通している様子だ。

「丁度いい。課長のところに行こう」

係長はそういうと立ち上がっていた。

二郎は谷口係長と、吉本課長の机の前の椅子に座らせてもらって、家の事情と、自立してアパートを借りての生活では経済的に生活できない、それに現在でも通勤の時間で難渋していることを訴えた。

「確かに、アパートを借りて自立して、大学に通学するとなると、こういっては失礼だが君の給料では大変なことだな……」

課長と係長に一通り話し終えたとき、課長がいった。

「食事代その他のかかりも全部自分一人でとなる。毎月大変な赤字になってしまうのかな？」

と係長が応援してくれた。

「でも、会社の実情は、すでに入社して通勤している者が独身寮に入るのは大変だ。私が聞いている範囲では住宅難の時代を文字通り映して、独身寮には入寮希望者が極端に多いそうだ。実際に、その時期になると部屋数は定期採用の新入社員を入れるのでさえ満足できずに不足がちで、人事課は四苦八苦して対応していると聞いている」

課長は下を向いて暫く考えている様子でいたが、顔を上げると二郎の顔を真っ直ぐ見て、

「まあ、任せなさい！　いよいよとなれば新井部長にも出馬願って、人事と交渉してみよう。君の場合大学に通学して、経済的には特に厳しいわけだし……」

といって笑顔を見せた。

「よろしくお願いします」

係長がいって頭を下げ、二郎も同じ言葉で、一緒に深く頭を下げた。

「任せなさい、といった以上、やれるだけの交渉をするが、時期的には少し余裕を下さい。今が十月、春に定期の新入社員が入社、人事も独身寮の整理をするだろうが、その前、来年の二月ぐらいまでは待つ気持ちでいてもらいたいが……」

課長は相変わらず笑顔を絶やさずにいった。

「はい、時間的にはそれで十分です。そのつもりで待たしていただきます」

二郎はそういうと、もう一度深々と頭を下げた。

「まあ、こういうことはじっくりと粘って交渉するよりないのだ」

課長の独り言とも聞こえる言葉に、二郎はもう一度深く頭を下げた。

＊

年が明けて二月の初めだった。課長席で係長と話をしていた課長が二郎を呼んだ。二郎が係長の隣に座ると、課長は満面に笑みを浮かべ、

「今、谷口係長には話したが、独身寮の件、人事課から返事がきて、豊洲の八寮に空きが一人できて入室できることになった。まあ、おめでとう」

といって握手の手を差し伸べてくれた。

「はい、それは……、ありがとうございました」

二郎は感激して汗ばんだ両手で、課長の手をしっかりと握り返した。

これでアパートを借りるのに比べ、部屋の家賃は一〇パーセント以下で済み、食事代その他も大幅な軽減になる。自分が生計を維持する上での経済的な負担の軽減は計り知れない。ピンチを脱した、という思いが頭を掠めた。

だが、それを越えて係長や課長が自分のためにいかに努力してくれたか、会社が自分のために結局は、いかに寛容に扱ってくれたかとの思いが胸を打った。

それは、感激して指先が凍ったように硬くなるのを意識するほどだった。

「まあ、いろいろあったけどね、かなり粘り強く交渉した結果だよ。入寮して落ち着いて、仕事の方もよろしく頼むよ」

「はい、それはもう……」

二郎は課長と係長に深く頭を下げ感謝すると共に、これでピンチを切り抜けるという思いで、自然に目頭が熱くなるのをじっと堪えた。

＊

二月の早い時期、二郎は豊洲八寮の一階の一室に入寮した。

とりあえず、当面必要な最低限のものだけ持ってだった。本格的な寝具、机などは家から送る手配をしていた。二人部屋だった。同室の方は二郎より四年ほど年配の方で鈴本さんといい、国立のT大学工学部造船科の出身の方だった。

鈴本さんはT大を卒業して入社以来、この部屋の住人だということだ。最近、同室の方が退出されたので、その後に二郎が入室することになったのだという。

それを初対面の挨拶の後で聞いて、二郎は少なからず驚いた。I重工業は歴史的には造船主体の会社である。マスコミは造船では世界一をいろいろな角度から報じている。

一流会社の、会社の専門分野での、そこでの一流の学歴の方と同室とは？　凄いことになった……、との思いである。

でも、自分がかなり年下と知って、その分、気持ちはかなり軽くなった。部屋は入口に半畳の三和土、その横に造り付けの下駄箱があり、二人分の下足を入れるには十分なスペースだ。

三和土を上がると四畳半の和室、右手がふすまの作りになっていて、その奥は押入れである。間口一間奥行き半畳分で中には三段の仕切りがあり、かなりの収納スペースといえる。それを同室の二人が半分ずつ分けて使用するのである。

入口から見て正面は四畳半の和室の幅に沿った三畳ほどの板の間があり、前面は横いっぱい窓で外からの明るい陽光が入る。

その板の間の左側半分に鈴本さんの机といすが置かれている。右側はぽっかりとスペースが空いていて、そこに二郎の机といすが置かれることになっているのは、一目見て分かった。

「豊洲の独身寮の中で、八寮のこの部屋が一番条件が良いといわれているのです」

鈴本さんが、二郎が部屋に上がって周りを見渡して、鈴本さんに目を移した途端にいった。

「はい、そうですか……」

「この部屋は角部屋でしょ。右の建物は数メートル離れて別棟で食堂です。部屋も三人部屋に比べて余裕がある感じだし、何せ食堂が近い。洗面所と同じスペースの中にある風呂にも洗濯場にも近い」

「はあ……」

二郎はそういうよりない。

「三階の三人部屋などに入ったら大変だったよ。共同の設備には遠い。何しろ六畳間だが、三人だと雑居という感じになって、部屋で落ち着けないですよ」

「はあ、確かにそうでしょうね」

二郎はもっともと思ったが、未だ実感が伴わない。ただ、いい部屋に入れてもらえたのだ、と感じて嬉しさが込み上げてくる。

「かなり無理をいって上司の努力で、入れてもらったと思っているのですが……」

やっと、二郎は自分の唯一思っていた意見をいった。

「君はとてもラッキーな人だと思うよ。丁度、一人空いたときに入室を頼んでいたのでしょう?」

あまり気さくな感じではなく、二郎よりは小柄でいかにも真面目そうで秀才という感じの鈴本さんは、二郎のために喜んでくれて、親しみやすい笑顔を作っていってくれた。

二郎の入寮に伴って寮での手続きや、寮生の日常生活を覚えるのはすべてスムースに進んだ。数人の顔馴染みもできて、快適な寮生生活がゆっくりとスタートした。

二郎は二月の末の大学の春休みが始まるころには、完全に独身寮の生活に馴染んでいた。寮生活で特に嬉しいと思ったのは時間に余裕のできたことだ。

＊

会社の出勤時間は始業時間の二、三十分前で十分だった。作業用の制服で歩いて出勤する。

朝が遅くてよくなった分、夜の時間を読書に充てることができた。勿論、大学の勉強もするが、そちらの方は三年生も修了近くになっていて、卒業に必要な一般の授業に関しては殆ど単位を取得していて、あくせくする必要はない。

来年の一年は、一般には卒業論文というが、工学部の機械工学科では卒業設計というい方で、所謂卒業論文が残された学習の大部分になる。

それには会社で実務をこなしている関連で、極めて容易に課題を定め、卒業設計にできると思っているから切迫感はない。

でも、どうせだから、会社の実務のレベルから離れた最新の技術を駆使した機械設計をして、審査してくれる大学の教授グループの人たちを、現役の二部の学生はさすがだ、と驚かせたい、という野心的な気持ちも持っていた。

二

夜、二郎は机に向かって過ごすが、それ以上に鈴木さんは、まるで我を忘れたように熱心に机に向かって過ごす。

二郎の読書は多岐にわたっている。今まで読めなかった有名な文学作品、趣味の囲碁の本、英文の雑誌や本、週刊誌、漫画の本もときには取り上げる。

だが、鈴木さんが毎日のように懸命に読み込んでいる本はかなり様子が異なる。スタンドの灯りに首を突っ込んで、一冊の本にじっと読みふけって余念がない。一寸話しかけるにも遠慮してしまう感じだ。

二郎は機会を見て話しかけた。

「鈴木さん、一心不乱というか、すごく熱中しているご本がおありのようですが？」

「えっ、そう見えますか？　僕はこれがよくいわれる趣味で、数学なのですよ。数学の本を読み進めているとすべて忘れるのです」

二郎は、こうした経歴の人となると、そういうものなのかな……、と思って感動した。

だが、そんな風に今を済ましてしまって、青春のさまざまや、人生の機微を味わえるのか、と思って何か割り切れない気持ちも抱いた。

＊

このところ由美には、久しく連絡をしていない。いつも気にかけているが、入寮問題に伴う諸事、日曜も母と連絡して身の回りのものを取りに行くような用事。引っ越しの手続き、実行などで極めて繁忙、心に余裕がなかった。

気持ちが落ち着いたら由美に電話して、と思っているうちにかなりの日時が過ぎている。

由美には、これまでに一度、ピンチの話と、その解決策として独身寮入寮計画を電話した。

そのときの由美はもっぱら聞き役で通してくれ、由美からは由美自身の二郎が気にしている由美の身辺について、特に変わった様子は感じられなかった。

ただ、由美は二郎のピンチと、それに打ち勝とうと身辺を開拓しようとしている様子を

よく理解し、二郎の生活の変化を驚いて受け取ってくれた結果として、慰めるかのごとく、

「二郎さんはいつもいろいろ大変ね。でも、いつもそれらに負けまいとして頑張っている。今回もそうですね、そういうところ尊敬しちゃう……」

と、話の最後にいってくれて電話は終わったのを覚えている。

大学が春休みに入った二月末になって、二郎は寮の公衆電話から、夜、由美に電話した。由美に特に変わったことが起こっていなかったら、大学の春休み中に会いに行きたいと思っていた。

「あらっ、山田さんご無沙汰でしたね。その後お変わりありませんでした？」

電話に出たのは由美の母だった。

「あの……、この前由美さんに、会社の独身寮に入れるかも知れないと話しました。が、その後、会社の方も住宅難の最中で受け入れは大変だったのです。でも、私の希望はラッキーに運びまして、東京都の住人になり、豊洲八寮という独身寮に入寮しました。今、寮の公衆電話から電話しています」

二郎は入寮を報告するのが嬉しかったので、自然に弾んだ声を出していた。

「ええ、するとかなりの期間、そちらで生活することになるのですか？」

由美の母の声は、二郎と逆に沈んでいた。

「えっ、はあ、確かに、そういうことには……」

二郎は由美の母が、由美の婚期の遅れることを非常に恐れていることを思った。自分が入寮を弾んだ声で報告するなどは、もっての外だったのかも知れない、と思った。

「今、由美は外に出ていますが、帰ったら話しておきます。山田さん、いろいろ大変なご様子ですが、どうかお体に気を付けて……」

由美の母の声は相変わらず沈んでいた。

「はい、すみません。お母さんには何と申し上げたらよいか……。でも、私は頑張って、できるだけ早い時期に経済的にも、精神的にも独立して……」

二郎は、心の内をそのままにいった。だが電話はそこまでで切れた。切れたのは二郎の電話機への硬貨の補充が遅れたのか、由美の母が切ったのかは明らかでなかった。

二郎は暫し呆然として、話が切れた受話器を握り締めていたが、

「結婚する気があるのかないのか、それをはっきりして下さい、といわれているようなものなのだ」

との結論に達して、どうにもならない自分に強い自己嫌悪を覚えた。

＊

一週間ほど過ぎ、以来悶々とした心を抱えていた二郎は、夜、かなり遅い時間に由美に電話した。今回は由美自身が出てくれた。

「入寮できたのね、母から聞いたわ。おめでとう、これで本当の意味で独立したのね」

由美の言葉は明るく弾んでいた。

「ありがとう、そういってくれると、とても嬉しい。実はお母さんと話して、自分が駄目な人間だと思えて仕方なかった。悩んでいたのです」

といってこの一週間の心の内を話した。

「そう……、確かに二郎さんにすると、そういうことになるのでしょう。でも、私に関しては全然気にすることはないわよ。私は全然変わっていないから。でも……、一、二、今までになかった結婚に具体的に繋がるようなお話が出てきているの。正直に、公明正大に、二郎さんにはいわなくてはいけないと思うからいうの。二郎さんとのお友達関係はそうなのだから、私はそうしなくてはいけないと思う」

二郎は、由美がそういいながら、その声が自然に切なげに震えてきているのを感じた。それは、二郎にでなければ分からない、由美の心にある微妙なニュアンスを含んだものだった。

「由美を誰の手にも渡したくない。何もかもすべて邪魔になるしがらみを放り出して、今、自分たちでできる範囲のことだけを考えて、由美と結婚する方向に由美と一緒にものごとを進めたい……」

一瞬だったが、そういう強烈な思いが二郎の頭を掠め、二郎は我を忘れた。だが、心の底には毅然としたものがあった。貧しさの経験、経済力なくしての結婚はしない、という強い思いだ。

「二郎さん聞いてくれているの？」

由美が掠れた感じの声でいった。

二郎は我を取り戻した。

「え、ええ……、聞いています。しっかりと」

二郎はいったが心ここにあらずという、意識の上では、取り留めのないものだった。

「そう、聞いてくれているわね。前から結婚について話し合ってきていることだもの……」

二郎は電話の向こうで由美が泣いているのを感じた。

「そうです。前から話し合ってきたことです」

二郎は開き直った気持ちで意識を取り戻し、きっぱりといった。でも、そういった後、悔しさで両目から涙がこぼれるのをじっと味わっていた。

＊

二郎は、春休みが終わって大学は新年度になったが由美に連絡を取らなかった。大学は四年生になったが、それを由美に伝えて一応は喜んでくれるかも知れないが、二人の仲がどうなることでないと思っていた。

この前の電話で、一、二、結婚に具体的に繋がるようなお話が出てきている、と由美自身から聞いてしまっているのだ。

由美はそれほどでない気持ちでいったかも知れないのだが、それは、二郎にとってはずしりと重い荷物を背負い込んだようなものだった。

今、由美はその話に心をとらわれていないとしても、広く社会の人たちを知って結婚問題は考えよう、と話し合って了解し合っている二人なのだ。

二郎は思っていた。今、由美の前にいる人にとやかくいうような人間ではありたくない。由美に自由にしてもらうよりない。

ここで、自分が頻繁に由美に連絡を取ろうとすることは悔しいが論外なことなのだ。自分はそれをよく知っているのだ。

「なるようになるさ、とにかく、今の自分では結婚などとても無理なこと……」

結局、二郎はそう自分の心の内で反芻し、毎日を過ごすよりなかった。

暫しのときが過ぎていった。由美とのことで悶々としていた二郎だが、そんな個人のことには関係なく世の中は動いていて、二郎を取り巻く社会にはいろいろなことが起こっていた。

三

昭和三十五年（一九六〇）は、安保闘争の年となった。一月十九日、ワシントンで新安保条約が調印された。以後、国会での批准が最大の問題となり、連日デモが繰り返され、六月十五日の統一行動では、全学連主流派は国会正門に七千人を動員、「国会突入」を呼号し、実行しようとした。

この乱闘で東大の女子学生一人が死亡、混乱は更に続いた。だが、そうした混乱の中、安保条約批准、米国政府との批准書交換も秘密裡に行われて完了。その後、当時の岸内閣は安保条約反対闘争によって総辞職を余儀なくされた。

政治の上ではそうした状況であったが、二年前から始まった岩戸景気は続き、中学卒業者は、「金の卵」などともてはやされた。

戦後、住宅事情が極度に悪かったことなどから核家族化が進行。女性の結婚の条件として、「家付き、カー付き、ババア抜き」などという言葉が流行した。

二郎は安保闘争には一切関わりがなかった。当時、大学の校門の前でビラを配っている学生には何度か遭遇したが、興味を持つことはなかった。

四月、かなりな改装をした実家で行われた兄の結婚式に出席、久しくなかった家の賑わいに、家族全員で喜びを共にした。この結婚式には、自分もできる限りの協力をしたと思えるのが嬉しかった。

卒業設計の課題は心の内でほぼ決定していた。大学側から課題提出をいわれたら直ぐ掲出できるように準備は進んでいた。

大学の来春の新卒者に対する求人の掲示が、就職支援課の室内や廊下に、争うように展示されていた。それらは新学期が始まると同時に徐々に始まって数を増やしていたようだった。

二郎は改めての就職にあまり心は動かされなかったが、大学を卒業して新卒の大学生として新しい会社に就職することには、何か晴れがましい憧れのような気持ちを心の底には抱いていた。

それに、工科系であるこの大学卒業者には、どんな募集があるのか知りたかった。大学、そして社会は二部（夜間）の学生の応募に、どう対応してくれているのか？　それにも興味があった。

この年、特に工科系の学生は極端な売り手市場にいた。厳しい入社試験を受けることは殆どなく、大学の推薦で採用が決まるような社会の状況だった。

大学は学生の成績順に応募人気の高い企業に推薦し、それで面接試験の運びとなり、面接試験だけで就職が決定しているようにも見えた。

でも、二郎は大きな掲示板いっぱいに、ぎっしりと貼られている求人ポスターをざっと見て、今勤めているI重工業ほどの大企業は殆どないのを知った。

この規模の一流企業になると、掲示板に貼られる以前に、学生の応募率が高いので、大学が学生の成績によって学生の意向をただし、推薦を出すようにしているのが実情に思えた。

学生側も、一流企業に関しては掲示板に出る以前に、多くが争って大学の推薦取り付けを運動していて、企業側の面接を経て就職している、という動きのようだ。

二郎は、そうした周りの動きには関係なくこの時期を過ごしていた。ただ、私の成績で、二部の学生で、大学の推薦を求めたらどのような企業を推薦してくれるのか？　と、そこ

に興味を持って考え、

「様子を見ていて、今後、興味をひくような掲示があるか？　ある、ないに拘らず、一度は大学の就職支援課に申し込んでみたい。大学工学部二部の新卒者が、どう大学と、社会から見られているか？　分かる。新しい人生での展開に繋がるかも知れない……」

二郎は掲示板の掲示を目で追いながら、心の底ではそう考えていた。

＊

二郎は、I重工業送風機設計課での仕事は、かなり自信を持って処理できるようになってきたと自覚していた。

機械設計というものがどういうものか、ということにはかなりはっきりと自分なりの気持ちを持つに至っていた。

当初、機械設計とは極端にいえば無から有を創り出すもの、という概念で考えがちだった。だが、それはかなり違っているのを知った。実際には実績の踏襲が基本であると知らされた。

それはよく考えれば当然のことなのだと知った。無から有を創り出すこと、それは端的にいえば、所謂、研究開発ということで、リスクの高い仕事なのだ。

企業として今までになかった性能の製品を製作するときには、今までに製作したその製品に近い性能の製品を最大限に参考にし、できる限りのリスクを避けて設計製作する。考えれば当然のことである。新しい製品の製作に未開の部分があれば、その未開の技術部分について集中し、研究所などで十分な開発テストをして、設計製作に十分と思えるところまで、その技術を極めて製品に反映させるのだ。

「過去につくられたものを踏襲するのが基本」という、機械設計についての現実は、二郎のこれまで抱いてきた機械設計への憧れ、そして情熱をかなり削ぐものとなっていた。

「何か、これだとルーチンワークということにならないかな？」

二郎が、この頃一人でいるときに漏らす言葉だった。勿論、創作といえるような新しい設計の仕事も部内には時々出てくる。だが、それらを担当する人はベテラン中のベテランが当然となり、二郎のような新入社員には回ってこない。

更に様子を見ていると、その方たちも研究所と密接な連携をして仕事を進めている。要するに、自分だけの創意工夫の領域で設計はできないのだ。

「ルーチンワークで生涯を過ごす？　ということ……」

二郎はそう呟いている自分に時々気付く。でも、ではどういう仕事をしたいのか？　二郎はふっと考えてはっとし、自分を考えた。

何故、こんな考えを抱くのか？　現状は仕事も独身寮に入れてもらっていることも、自分が望むベストの状況にいるではないか、と思えるのだ。

「でも……」

直ぐに二郎の口をついて出た言葉だ。そして、これ以上の欲をいえば英語力を生かし海外で活躍できる輸出入に関わるような仕事だったら、もっと、もっと満足できるのではないかとの思いだった。

その場合、今までの経験、それはプレス工場だったり、川口の鋳物工場だったり、現に働いているI重工業の設計部門だったりするのだが、そうした経験を生かせたら凄いことだ、との思いが胸に迫り、手のひらに汗をかくのを覚えた。

「大学の就職支援課に行って相談してみようか、何も出てこなくても、それでも元々だ」

二郎の心の底の声だった。

＊

「英語力を生かし、将来は海外に……」

大学の就職支援課、対応は中年のベテラン男性職員で黒田係長。二郎の経歴、現状を一通り聞いて問いかける如くにいった。そして、支援課の中にある一つの個室に案内し、女性で年配の橋本支援課長を部屋に呼んでくれた。

黒田さんはこれまでに聞いた話を、二郎に要点を確認するかのごとく、二郎の顔を時々窺いながら課長に説明した。

「そう……、そういうことだと、私に出てこいという黒田係長の気持ちも分かる気がする」

課長は黒田さんの顔を見て、微笑みを浮かべていった。

「I重工業の設計部門に正社員で勤めていて、機械工学科の出身だと、専攻した学問分野で働いていて不足はないと思うけど。ただ、大学卒業者として再就職という気持ちは分からないではないけど」

「えっ、ええ、確かにそういう気持ちも……」

橋本課長は二郎の言葉に微笑むと、二郎の方に身を乗り出すようにして、

「I重工業の場合、本校では毎年、ごく成績のいい学生を推薦して採ってもらっているけど、ごく少数名が現実よ。来年度については終わっている」

といって、暫し時間をおくと、二郎の顔を真っ直ぐに見つめて、

「I重工業の場合、実力主義で有名な会社だし、そこに山田君は現在、正社員で設計部に勤めている……」

課長はそれだけいって、何か問いかけるような雰囲気で黙って二郎の顔を見つめた。

「ええ、そこで、先ほど係長のお話にあったように、心機一転して英語力を生かし、私のこれまでの実務経験も生かしての就職先はないかな、と……」

「ええ、分かっている。けど、山田君の現状に立って考えると簡単にどこそこの会社に推薦を出せばいいという気にはなれないですよ」

課長はそういってそれは何故かについてゆっくりと説明してくれた。

I重工業に相当するような一流企業の推薦は、来年度分についてはもうすべて終わっている。

新卒でそうした企業に就職できるのはごく限られた人数である。

入社に当って、希望する仕事の部門、職種を約束されることはないのが現実。

大部分の学生には一流企業以外の企業を推薦し、学生は推薦された企業を自分で研究し、企業側とも面談して最終的に就職先を決めている。一〇〇パーセント自分が希望する企業に就職している学生はかなり少ないと思う。

山田君の場合だと、すでに一流企業で機械工学科卒としてふさわしい部門で実務に就いている。

それらを考慮すると、迂闊に海外の業務希望とのことだけで別の企業を推薦するのは、リスクがある。どんなものか？　と思ってしまう。

課長はそこまでいって、黒田係長の顔を見て笑いかけた。

「そうです。私だけの判断で山田君の要望に応えて、外資系企業はたくさん募集がきていますが、何れも国内での安定した存続を考えると疑問で、事務的に話を進めていいか、と思ったのです」

係長は我が意を得たというようにいった。

「はい、お話はよく分かります」

二郎はそう応えてから、これだけは訊きたいと思っていたところを口にした。

「もし私が就職していない二部の学生だとしたら、具体的にはどんな会社に推薦を受けられますか？」

と、自然に慎重な面持ちになった。

「そうですね、今からだと……」

課長はそういいながら手に持っていたファイルを開くとページを繰っていたが、少ししていった。

「東海村の原子力研究所、それと、半官半民の高速道路関係の企業かな。それと、掲示板や廊下の壁に貼ってある募集のもの、何れについても推薦はするけど、自分で会社訪問して会社そのものを研究し、会社の実態を知り決めることになります」

「そうですね、就職活動は自分でするんですね」

二郎は学校紹介としても就職先が決定するまでには自分の気持ちもあるし大変なのだ、と今更ながらに思った。

そして、係長と課長の、自分を思ってくれる親身な気持ちを痛いほどに理解することができた。同時に、ここでかなりの時間を課長と係長に費やしてもらっていて申し訳ないとも思った。

そこで、とにかくこの場で今後どうするのかの返事をしなければと思い、一寸黙って考えたが、意を決すると立ち上がった。そして、課長と係長に深く頭を下げ、

「いろいろ親身になってのお話をいただいて、ありがとうございました。お蔭でいろいろ、よく分かりました」

と挨拶し、笑顔で、

「今日のお話を参考にして、よく考えてみます」

と両者の顔を見て、意識して落ち着いていった。

四

大学の校門を出ながら、二郎は卒業して大卒の新入社員としての就職に憧れるのは、これで終わったと思った。

Ｉ重工業、それに匹敵する一流大企業に大学新卒者として就職するのは、今しがた聞いた話でも、若し一部（昼間部）の卒業生であったとしても、ごく成績の良い限られた者で、自分はそうした学生ではない。

でも、自分はそのＩ重工業に正規社員としてすでに勤めている。実力主義を標榜している会社だから、もし自分に実力があれば、将来は自分の望む職場で思いきり力を発揮することはできる。

（こうなったら、社内で英語力を生かせる輸出を専門としている部門〈機械輸出本部〉に、機械工学系の技術者として、転籍の機会を窺いながら今の仕事に打ち込む生き方がある）

心の底でそう思った。そして、今日の就職支援課訪問は、世を知るその道の専門家に会えて、自分の今の気持ちの整理に極めて有益であったとも思った。

新宿駅に着くと、気持ちが晴れた意識からか、由美の顔が浮かんで、電話したい気持ちが高じて堪らなくなった。音信不通になってから、すでに指を折って数えるほどの月日が過ぎている。

由美がすでに、誰かとの結婚が決まっていても不思議でない月日である。

「事情が変わっていても構わない。この時間ならば由美が直接電話に出てくれるかも……」

そう思って、十円硬貨をたくさん用意して公衆電話機の前に立ちダイアルを回した。

「あらっ、二郎さん……」

二郎が一言声を出したら、由美の明るい歓迎するというニュアンスの言葉が耳に飛び込んできた。

「由美さん、ごめん、あまりにもご無沙汰して……」

由美への複雑でさまざまな思いは、その声で一挙に消えて、二郎は嬉しくなって涙が出るような気持ちになっていった。

暫くぶりの電話で互いに声を弾ませて話した。

由美はこの前の電話で一、二、結婚に繋がる話が出ているといったのを軽率だったと後悔し、そのために二郎が連絡をしないでいたのでは？　といった。

二郎はその通りなので、その点については何もいわず、ただ、由美さんの負担になるような言動は、慎まなくてはいけないと思っていたといった。

それからの話は二郎の近況が主になった。大学の就職支援課を訪ねいろいろな話を訊いて、大いに参考になったこと。自分としては、将来は今の職場で頑張りながら英語力を磨き、それを生かしもっと自由に振舞えそうな部門（機械輸出本部）への、転籍を窺いたいと考えていると話した。

「ところで、きちんと訊いておきたいの、二郎さんは何年したら結婚できると思っているの？」

由美の声音は今までになく真剣だった。

「えっ、それは……」

二郎は瞬間、いいよどんで何もいえなかった。由美は未だ自分を結婚対象者として十分に考えてくれている、という思いが強く胸を打った。自分の応えは一人の女性の一生に関わることで迂闊なことはいえないとも思った。そしてやっと、

「今まで何回も話しているけど、由美さんの世間での結婚適齢期の間には無理ですよ。三年、四年、或いは五年とかといわなければ……」

と消え入りたいような気持ちが声になったが、重要なことだと思ってきちんといった。

「そう……」

由美の声が沈んだ。

「やっぱり以前話し合ったように、由美さんは自由な気持ちでよい人を探してもらう。私は親しい友人、それでいい。親しい友人として、仕事が終わってから川口に行くことも、日曜日にはどこででも自由にお会いすることもできます」

「何もかも放り出してとは、私たちにはできないわね……」

由美は意識してわざとそうしたのか、他人のことを話すように明るい調子でいった。

「えっ、ええ……、考えることはできても……」

二郎は由美の言葉の調子に乗っていったが、由美は今までの二人の話し合いを知りながら念を押したのかな、と思った。そして、もう手に十円硬貨が殆どなくなったのを意識して、

「近くまた電話します。そのときにはもっと、そう、もっと詳しいお話を……」

と途切れ途切れにいったが、受話器の向こうで由美が頷いた感じを意識したとき、最後の硬貨がカチャンと落ちた。

＊

二郎は新橋駅で豊洲行きのバスを待ち、暫くして乗ったバスの座席で揺られながら、今日、由美との電話が終わって以来、考え続けてきたことを我知らずまたも反芻していた。

三年、四年、或いは五年といったあの瞬間の気持ちが、深く心にこだわりとして残っている。

三年といったのは、何もかも放り出してということだったか？　四年、五年といったのは自分が今抱いている将来計画を含めてだったか？　と思った。

三年後だったら、妹二人の高校の学費負担も終わりになる。それまでに多少の資金も作って、由美との結婚へ何もかも放り出せる境遇になっているだろう。

だが、二郎にはこれまで生きてきた上で抱いている強い思いがあった。

それは、単なるサラリーマンとして例えば三年後に結婚し、アパートなり、貸家なりに住んでその賃料を払って新生活が始まると、子供を持つようになり、その後給料が増えても、経済的には殆ど余裕のない生活が続くことになるという思いだ。

それに、家族が何人かになったとき自分に何かがあって、職を失ったり病気になったりしたら、と考えると家族を路頭に迷わすようなリスクを持って、生活をスタートするという思いだった。

二郎はこの思いには耐えられなかった。二郎が身をもって経験してきたことを、家族には経験させたくないという思いだ。

自分が結婚したパートナーには経済的には困らせることはしない、という強い思いでもある。また、一家の主だった父の不運を、自分は経験したくないという思いでもあった。

それで、二郎は結婚には自分の家を持ちたい。少なくともその路線を敷いておきたい、という強い思いをずっと以前から持っていた。

二郎は最近になって、その思いの具体案をかなり確信的に抱くようになっている。思いの具体化を確定的に進め、助けたのは、母と訪ねた東本郷のアパートだった。そこで知った部屋代、礼金、敷金といったものの額、それを払っての生活はできないという強い思いが先ずあった。

二郎は最初、結婚するときには最低の大きさの土地で家を建て、その家のローンを払いながら暮らしたいと考えていた。でも東本郷でアパートに入居する費用を知ってから、その考えは変わった。

借地でもよいからある程度の大きさの土地の権利を入手し、そこに建てるのはアパートと自分の住む家も兼ねた共同住宅だ。アパートが四室、自分の住む部分がアパート二室分に相当する広さの住宅にしたいという思いだ。

これを実現するにはかなりの費用がかかるが、建築後のローンの支払いにはアパートの入金を充てることを考えた。二郎は最近、この計画に没頭するとき、思わず心の底で呟く言葉があった。それは、

「住宅難、高度成長の時代、アパート入居者は限りなく多い。貸室の収入でローンを払う。生活費は一切を勤めの給料で賄う。賃貸料でローンを終え、次にもう一棟。それを繰り返せば、自分の若さで始めれば晩年には少し大袈裟だがアパート王にも……。若さ、つまり、時は金なりだ」

実際、アパート経営者から聞いた話も、二郎のソロバンでも、アパートの建築費は三年から五年で償却といわれていて、二郎も確認していた。

自分が会社で懸命に努力したとして、詳しく様子が分かってくれれば実力主義といっても、学閥のようなものがあるかも。運もあるし将来の成功は自分一人の努力では保証されない。

運が最悪の場合、それでも、経済力を持って晩年を迎えるには、アパート業界の現状を活用しないという方法はない。自分の若さ、即ち、時は金なりなのだ。

バスは豊洲に着いた。バスを下車して独身寮までの十分ほどを歩きながら、大学卒業に目途がついたら、川口の駅に近くバス停に近い地域で適当な土地がないか、母と縁故を辿り探し始めよう。川口地区の金融機関にも様子を訊きに行こう。今後何年かで、一部の資金を準備できても、かなりのローンを組まなければならないのは確かだと思いながら歩いていた。

五

八月、大学は夏休みに入り、二郎は谷口係長から頼まれ、毎日のように残業した。自分の工事でも残業したが、係長は各人の仕事の様子を見て輻輳している人の設計計算とか、図面のチェックなど、ある程度の量を纏めて二郎に依頼してきた。

二郎は信頼されていると感じ、喜んで引き受けた。何しろ、自分は独身寮にいて陸の孤島の豊洲、そのものにいる。通勤している人と違い、同じ豊洲で歩いて帰れるのだから、誰よりも遅くまで残って当然と思ったし、残業自体は特別収入でもあった。

そうした中、お盆が過ぎて日曜日の午後、暑い盛りを二郎は川口まで由美に会いに行き、いつも会う駅前のレストランで待ち合わせた。

恋人としての交際はないが、気持ちにはそれに勝る想いがある。それを互いに心の内にしまい込み、ごく親しい友人として会う。切ない限りだが、決して楽しくない時間ではない。

二郎は前回、電話で三年、四年、或いは五年といった根拠を由美に訊かれると、正直にいってよいのかと逡巡したが、正直に応えるのが二人の関係からすれば当然だし、そうなければならないと思い、思っていることを結局、すべて細かく説明した。

由美は理解できないところは訊いたが、それ以外は黙って聞いていた。そして、二郎の説明がほぼ終わったと見ると、

「それだけの思いというか執着を、少年時代からの貧しさについて持つ方だったと、今、本当に初めて知りました」

と、改まった感じで頭を下げ、頬を紅潮させ、

「私など、ほどほどの生活で育って、でも自然に夜学の高校に入学したけど、二郎さんはそれに比べて思うと、少年期から私などより遥かに経済的に非常に厳しかったのだ、と今改めて知りました」

といって、目にハンカチを当てた。二人の間に暫しの沈黙が流れた。その沈黙を破って由美が顔を上げ二郎の眼を真っ直ぐに見ていった。

「二郎さんの考え、若し、その計画に協力したらと、今、ふっと思いました。私だってそう思わないのではないのです。私も今後何年かは、今の職場で働けるだけ働けばお力にはなれるはず……」

二郎の頭の中は真っ白になった。こうした反応が由美からあるとは想像もできなかったのだ。だが、一瞬の時間をおいて二郎の心が強く反応したのは、何物でもなく胸を刺す歓喜だった。

「由美……、由美さんがそうなら、私は大歓迎です。そのとき由美さんが何歳でも。私もそれなりの年齢、由美さんの年齢にこだわりは全然ありません。二人で大袈裟ですが一つの事業を果たしたいです」

二郎は両手を握り締めていった。

「そう、二郎さん喜んで下さるの……」

由美はハンカチを頬に移すと微かに微笑んだ。

このときになって、突如、二郎の心に怖さを伴った不安が芽生えた。

「私の計画は未だ踏み出そうとしているところ。具体的に、詳細に、自分の将来の経済を確認し、社会に当たったわけではないのです。それに引きずり込んで由美さんの折角のいろいろを駄目にしたら……」

二郎の声はうわずった。

「いいのよ。若しも私が自分でそう決めたとしたら、そのときは私の責任だから……。そのときは二人で前を向いて計画的な実行あるのみ。成功するか否かは二人の責任です」

由美は微笑んでいった。

「そうですか、それでよければ、私の人生でこんなに嬉しいことはない……」

「喜んで下さるの……」

由美は微笑みをそのままにいった。

「とにかく、由美さんのこれからの進路の選択肢の一つに加えてくれるのですね」

二郎は両手をテーブルの上に出し由美の手を求めた。二郎の両手に由美の両手が重なったとき、二郎は思いきって心の奥のこだわりをいった。

「由美さんの縁談、今、幾つくらいあってどうなっているの？　それらはいいのですか？」

それは、二郎の心の奥からの叫びだった。

「一、二、三、いや、四かな。役所の方から、友人や母の親戚の方からなど。でも、実をいうとすべて二郎さんとの話をきっちりしてからと思って、それで、ぐずぐずして今日まできている。今日、二郎さんのお話を聞いてもう一つ選択肢が増えたことになる」

由美は嬉しそうに笑ったが、二郎はその顔と表情に、明るくユーモアがあり、勝ち気で積極性のある由美の本来の姿を見たと思い、改めて誰にも代えがたい魅力的な人だと思った。

＊

九月、カラーテレビの本放送が開始された。

十月、社会党委員長の浅沼稲次郎氏が、日比谷公会堂で演説中、右翼少年によって刺殺された。

大学では夏休みが終わって暫くして、卒論（卒業設計）の審査が行われた。白衣を着た教授、助教授は一教室に十人余り、最終審査に臨む学生は一人ずつ、それぞれ設計図や計算書を審査にふさわしい形に整えて、教室に持ち込み説明する。

二郎の場合はその時代の最先端といわれた技術で、「ターボ圧縮機」による空調設備だった。未だ実用化の少ないフレオンガスによる大型多段のターボ圧縮機による冷凍設備は教授陣を驚かせた。

タイトルは、「浅草国際劇場用ターボ冷凍機による空調設備」とした。浅草国際劇場用としたのは冷凍容量を決めるためである。

従来型だと往復動型圧縮機で冷媒にはアンモニアなどを使う。高速のターボ圧縮機で設備の小型化、省エネ、メンテナンスの容易さなどが図れる。

図面を見ていた一教授がいった。

「君はどこの会社に勤めて何をしているの？」

「I重工業の産業機械設計部に勤めています」

「えっ！　じゃあ、この図面は本職が画いたものなのだね」

教授はまじまじと二郎の顔と図面を見較べ、驚いたという様子でいった。

「設計書を見ると、インペラーのリベットにかかる応力まで詳細に計算してありますね」

別の教授がいった。

二郎の卒論（卒業設計）に関する質疑応答、そして審査は、実質的に殆どそこまでで終わりだった。

早々に合格を伝えられ審査室を後にした。

＊

十二月の末、政府は閣議で国民所得倍増計画を決定し、高度成長政策が開始された。

年が明けて昭和三十六年一月二十日、米国ではジョン・F・ケネディーが大統領に就任。四十三歳で史上最年少の大統領となった。

この年、二郎は卒業式のある三月半ばまでをかなり余裕のある中で過ごした。頻繁に由美に電話し、アパート王計画についての自分の行動を報告した。

事実、二郎は有給休暇を取って川口市内の金融機関の融資係を訪問したりした。それと共に銀行のローンで共同住宅を建築してくれる会社も調べた。

頼みにしていたのは大手の住宅会社の提携ローンで、住宅会社が銀行にローンの保証をしてくれ、建築契約ができる。そうした会社を調べて当たろうとしたが、どのような会社があり、どう引き受けてくれるかを調べるのに時間を取った。

でも、大手の会社が三社あり、何れもある程度の積み立てをして契約してくれる制度になっていることが判然とした。後は建築する土地の賃貸契約と建設会社を選びその会社への積立だが、どう計画して運ぶかは具体的にはすべてこれからだ。

二郎の気持ちとしては、由美が協力してくれるかも、と聞いた一瞬から、何事も由美に連絡して由美の気持ちをこちらに引き寄せておきたかった。

それで、ものごとがスムースに運んでいるように話したかったが、それ以上の進展を話すことは容易にはできず、焦りを感じるのみだった。由美はそれを知ってか知らずか、二郎の電話を歓迎し、二郎の話にはいつも耳を傾けてくれた。

＊

大学の卒業式の日がきた。出席して学士試験に合格し、とある卒業証書を手にしたが、あらかじめ状況を予測していたこともあって、涙が出るほどの感激は味わわなかった。

母にも、兄、妹たちにも、由美にも連絡しなかった。

知り合いの誰からも、「卒業おめでとう」の祝いの言葉のない卒業式だった。

でも、二郎はそれを全然気にしていなかった。思えば高校入学から八年間近く、自宅と川口駅の間を毎日のように往復二時間以上自転車で通っての卒業だ。

後になって時々、よくもやったと思ったが、卒業式では何か自分の心の底に、深い満足感が充満するのを意識するだけで十分だった。

それと、卒業式を終えても、二郎には今後数ヶ月ほどは一定の日に、大学に通って受講しなければならない講義があった。

教員免許取得のためだった。高校一級、中学二級の免許を数学と工業の科目で取ろうとしていて、後、数時間の受講を残すのみになっていた。

その受講を終えての一日、同じ目的で受講している親しい同級生だった伊藤と帰りが一緒になった。伊藤はこの機会を待っていたというように、「一寸お願いがあるのだけど」といって改まった感じで周りを見回した。

「えっ、何？」

二郎は伊藤の様子に驚いた。伊藤とは同年代で在学中に親しんでいたが、こんなに改まった感じでものをいわれたことはない。

「実は、会って様子を教えてもらいたい人がいる」

「えっ、それって、若しかしたら女性？」

「そう、結婚するかも、いや、したいと思っているのだけれど……、でも、その女性は、

『お互い親しい友人と一緒にお会いしたい』といっている。それで、突然で申し訳ないけど山田に一緒にきてもらって、こちらも念のためにその女性を見てもらって、私も最終的な決心を確かにしようかと思っている」

「いいよ、時間の都合さえつけば」

二郎にとって、話は唐突。二郎の心はいつも由美なのだ。でも、皆、女性との悩みや喜びがあるはず。二郎は伊藤が自分を見込んでくれたのなら、どんなにしても力になりたいと思った。

次の二人の受講日は一週間後。それも一時限だけだったので、それを終えて彼女と会うことにし、伊藤の彼女との時間も丁度よかった。

新宿駅近くの伊藤がアレンジしたと思える落ち着いたレストランに、伊藤のいう女性は少し遅れて同世代の友人を連れて現れた。

四人で食事しながら、二郎は伊藤がすっかりその女性に魅了されていると思った。比較すると彼女の方は伊藤にもう一歩。彼女の方は未だ迷いがあって、それで、互いに友達と一緒にといい、友達の意見も訊きたくて今日の運びになったのが明らかだと思えた。

女性たちはMデパートの店員。Mデパートは超一流デパートで、女性たちにもプライドが感じられた。伊藤の目当ての女性は菊川さん、菊川さんの友人は一緒にMデパートに入社した高校時代からの友人で橋本さん。食事が終わる頃、菊川嬢がいった。

「伊藤さん、お友達にもいろいろな面で素敵な方がいて、何か安心しました……」

「彼はものの考え方が理知的で幅が広く、それで几帳面。いつも端から見ていて、いい面をたくさん持っている友人です」

伊藤は二郎の方を複雑な表情で見ていった。

「いや、どうも……。私は伊藤君と大学の教員免許の授業を、今、一緒に受けていて、伊藤君をよく知っていますが、彼は一言でいえば真面目で勤勉な人です」

二郎は自分を高く評価してくれての、唐突な菊川さんの発言に、それだけいうのがやっとだった。

「山田さん、確か山田さんと最前お聞きしましたが、山田さんはその教員免許を取得して、先生になられるのですか？」

橋本さんが訊いてきた。

「いや、教員になる気はありません。免許だけはいただいてと思って、人生、いつ、何が役立つか分かりませんから……」

「でも、凄い。山田さんは都心の女子高校の先生に似合いそう」

「えっ！　そんな……」

二郎は絶句した。何だ、由美に比べたら子供みたいで、人懐っこく可愛い顔をしているが、落ち着きとかはもう一つ、これでは自分が初対面で年下の女性に冷やかされている、と思った。

「橋本さんと山田さん、何かお似合いのカップルに見えるわ」

二人の様子を見ていて、菊川さんが二郎の顔を見て伊藤の顔を窺いながらにこにこしていった。

何だ、また面白がってと二郎は感じ、どこに顔を向けるか困った。

その日、四人はお互いに連絡先の電話番号を交換して別れた。

二郎は三人と別れ、一人新宿から国電に乗ったが、電車に揺られながら、今日、伊藤は菊川嬢を自分に見せたい、という気持ちの他に、橋本さんを自分に取り持つという考えがあったのか？　と思った。たぶん、それは菊川さんと話しての成り行きだったのだろう、という気がした。

六

四月の初め。会社は従業員個人の将来について、各人にアンケート用紙を配り、思うところを一週間以内に纏め、上司に提出するように求めた。

二郎は入社以来初めてなので、驚いて周りの同僚たちに、アンケートを提出する意味などを、目立たないように訊いて回った。

アンケートの内容は、今の仕事についての満足度が主体だが、中に将来の希望という項目があった。希望する理由、社内で異動を希望する場合、その部門の記載などまであった。

二郎が同僚から訊き出した意見は幾つかあり、主なものは次のようだった。

土光社長になってから始まったもので、従業員の仕事への意識と意欲向上を目的としていて、会社は適材適所の資料にしたいと考えているようだ。

従業員が現状の仕事に満足しているか否か、それを会社は把握し、人材配置のデータにする。

自分の希望があれば素直に書けばよいが、書く以上は、それだけの意思、そして異動させられる覚悟を持って書かないといけない。

＊

二郎は、自分がこのところ考えていることを素直に書こうと思った。

二郎が書いたのは、海外との取引に技術者として関係したいから機械輸出本部に移りたい。そこで自分の英語力を役立て、また、本場での機会に身を置いて自分の能力を磨きたい、ということだ。

そして、将来は日本と海外との機械輸出に関するセールスエンジニアとして活躍したい、ということも強調した。セールスエンジニアという言葉は、最近、営業の在り方として土光社長が社内報でよく使っている言葉の引用だった。

その反応は意外に早くきた。六月の初め、学校を卒業して入社し、一定の社内教育を受けた新入社員がそれぞれの職場に就くのと同じような時期に、異動の通知を受け取った。

通知の書類は課長からで、

「アンケートの君の希望を受け取って、設計部としては君を失うに残念な思いがあるが、社長が頻繁にいわれている言葉を尊重して考えると、君が一番適材だと考えた。それで転籍を認めることになった」

といい、二郎の顔を真っ直ぐに見た。そして、

「ただ、君の望んだ機械輸出本部でなく、同じ営業部門の、当部の機種の販売部門で、セールスエンジニアとして活躍してほしい。移籍先は本社の産業機械営業部の風水力機械課。君が設計していた機種の販売です。東京駅から三分、大手町の本社勤務で、背広にネクタイ、それと土曜は昼までで勤務時間は終わる。海外の技術者などとの折衝も多いから、君の英語力の勉強と活用の機会は多々あるはず」

といい、右手をテーブルの上で差し伸べてくれた。

二郎は戸惑いながらもその手を握り、

「えっ！　こんなにも簡単に望んだようにものごとは運ぶのか……」

という思いに圧倒されて言葉が出なかった。

＊

二郎が設計部内での仕事の引き継ぎを終え、部長以下同僚に挨拶し、大手町地区では最新の高層ビル、新大手町ビルの九階、産業機械営業部の風水力機械課への出勤は、若葉が香る六月中旬だった。

豊洲の独身寮から東京駅までは、バスに乗って十五分で八重洲口。そこから東京駅の構内を横切って丸の内北口に出る。そこから八重洲側を背にして右に歩いて三、四分、新大手町ビルだ。

駅の北口から左は、少し離れて丸ビルや新丸ビルがあるが、それらのビルの中でも真新しい新大手町ビルは、辺りで際立っていた。

出勤最初の日、最初の日とあって二郎はかなり早く寮を出てきたので、ビルの前に立つと三十分以上の余裕時間があった。

ビルを背に前は広い道路を挟んで、左側は国鉄のビルだが古めかしい。その右隣は日本交通公社、かなり広いスペースを占有していて、本社ビル？　と思えた。その右隣はホテルで丸の内ホテルと掲示されていて、近代ホテルの表構えが美しい。

「丸の内……、ビジネスの街として日本の中心。ついにそこで仕事をするようになったのだ」

二郎の心の底にあった思い、それが言葉になった。往来する人たちを意識しながら、ときめきを抱き新大手町ビルの正面からビルに入った。左右にエレベーターがずらりと並んでいる。右側に並んでいるエレベーターの先に千疋屋フルーツパーラー。

ショーウインドーには華やかに数々の果物や、洋酒、外来の菓子の類が美しく飾られている。その奥はかなり広いスペースの喫茶室になっているようで内装の美しさが際立っていて、もうこの時間から何組かの人がテーブルに座っている様子が見える。

二郎はふっと思った。

「いつか、ここで由美と会っていろいろ話をしたい」

だが、次の瞬間、腕時計を見てドキンとした。初出勤しようとしている始業時の十分前に対し、今は十五分前だ。直ぐにエレベーターに向かった。

初出勤して課長に挨拶すると、課長は小柄だが肉付きのよい方で、にこにこして手を差し伸べてくれ、二郎も手を差し出して握手すると、

「久保です。山田君についてはいろいろ聞いていて、期待しています。頑張って下さい」

といい、周りを見回し、

「山川部長から部員に紹介してもらいましょう」

といって、奥の壁を背に部屋の中央にある部長席に二郎を案内した。そして、

「先日お話の、セールスエンジニアとして活躍してもらう山田君です。今朝が初出勤で、部長から部員に紹介していただきたいと思いますが……」

といって、二郎の背中に手を当てて部長の方に押し出した。

山川部長の部員への紹介は、まず部員全員を自分の机の前に集めることだった。

「皆集まって下さい」

と部長が席を立っていうと、久保課長も声を合わせ、近くにいた人たち数名も声を合わ

せた。直ぐに、二郎の目から見ると部屋にいた人のすべて、四、五十人の男女が部長の前に集まった。

部長は二郎の経歴を簡単に紹介し、産業機械設計部から、土光社長の経営方針に沿って、セールスエンジニアの人材として、無理をいって譲り受けたといった。

そして、これからは技術的なことなどで細かいことでは設計部をあまり煩わせず、山田君にできることは協力してもらって、仕事に当たってもらったらよいと思うといった。

部長からの紹介が終わると集まった人たちから一斉の拍手があり、二郎はその華やかさに恐縮して顔が赤く火照るのを意識し、他に出てくる言葉もなく、

「山田二郎です。よろしくお願いします」

とだけ挨拶するのがやっとだった。

風水力機械課は、課長のデスクを中心にして、デスクが横一列に、向かい合って二列に並んでいる。二郎の席は前の各課に一、二名いる庶務を担当する女性社員の隣だった。

二郎が椅子に座ると、隣の若い女性社員は、

「井山政子と申します。四月に入社し六月初めに配属になって、課長からいわれ初仕事のような感じで、山田さんが今日おいでになるためのデスク、電話機、社内電話帳、事務用品、庶務的な手続き、手配など、私が手配し準備しましたが……」

といって、顔を赤らめる感じで挨拶した。

「山田二郎です。本社のことは全然様子が分かりません、よろしくお願いします」

と二郎はいって、丸の内地区のビル街に勤める若い女性とは初めてと思って、瞬時に政子の容姿や雰囲気を掴み取った。

白いハイヒール、白のスカート、上着は紺で、会社の女性たちが、皆、一様に身に着けている上着だが、スマートに着こなし、やせぎすで背が高い。

（この女性、育ちがよさそう……。自分の生い立ちとは大きく違っていて、たぶん、それなりの家の出なのだろう）

二郎は思って、自分もそういう人たちと肩を並べる世界にきた、という思いを改めて強くした。

＊

設計部から移籍した山田の名は、営業部の誰もがしっかりと知るところとなった。その理由には、設計にいたのだから販売機種の技術に強い、営業折衝には極めて有利だろう、という羨望の気持ちがあるようだ。

二郎は多くの部員に声をかけられ、客先はもとより、設計部からの図面や仕様書など、よく分からない部分の説明を求められたりした。

そうした自由に振舞える日々が暫く続いて、落ち着きが出てきた頃を見計らってか、課長が二郎を自分の机に呼んだ。

「いろいろな人に協力し忙しいだろうけれど、実は、君には本業として担当してもらいたい客先分野があって、それで営業にきてもらったのだ」

といってにこにこし、二郎の顔を真っ直ぐに見た。

「はあ、私も自分の担当客先分野を持って開拓したいとは思い始めていましたが……」

二郎は、自分が主体での活動を考え始めていたから、課長の言葉に気持ちが弾んだ。

「官公庁。当部では殆ど営業活動していない分野だが、君に担当として活動してもらって開拓したい。忙しくなったら人員の補充もする。君の活動を技術的にサポートするグループを設計部でも設けてくれることになっている。勿論、私や部長も必要に応じて応援する」

「官公庁、ですか……」

二郎は全然考えたこともなかった分野だったので意表を突かれた気がした。

「建設省、その他省庁、都道府県、公団、公社……、広い範囲だよ。しかも全国だ」

課長は、また最前のにこにこした顔をしたが、営業領域の拡大を図れるのが嬉しそうだ。

七

政子と二郎は急速に親しくなった。政子には比較的余裕の時間があり、就業時間中に気軽に話す相手がいない。自然にその相手はあまり年齢差のない隣席の二郎になる。政子は二郎より年下を意識して、何かと二郎に甘えるように話す。二郎は最初、

「あっ、この人、時間に余裕があり過ぎ。話し相手が欲しいのだ、大企業の女性社員って……」

と思わぬでもなかったが、話し相手をして楽しくないことはない。政子のお相手をするようになって暫くすると、二郎は自然に政子のことにかなり詳しくなった。

政子は渋谷駅から歩いて帰れる距離に戸建ての家があり、大手町には地下鉄一本で通勤。家族は両親と妹の四人。由緒ある名門女学校、T女学館に一浪して入学、短大まで進んで卒業、二郎より二つ年下。父のコネがありI重工業に卒業と共に入社、など……。

その政子が二郎のことについても知りたがった。卒業学校、実家、入社のいきさつ、現住所……、などだ。

二郎は気が進まなかったが、時間をかけて折々の質問で、結局、ポツリ、ポツリとありのままにすべて話すことになった。政子は二郎が勉学と生活に追われて、今日まできてい

て、都心の状況については詳しくない人と思ったようだ。

九月の末頃だった。気候が落ち着いて外出の多い、ほっとする日が幾日か続いた。客先回りに奔走して落ち着いて机に向かうことがなかった二郎だが、その日は室内に残っている人も僅かで、課長と設計部に宛ててレポートを書くのに熱中していた。そんな二郎に政子が話しかけた。

「山田さん、会社のこの辺り、九階のフロアーの女性社員の間で最近、山田さんが何といわれているか知っている？」

意味ありげな顔で訊かれた。

「いや、そんなこと私に分かるわけがない」

二郎は政子が自分の時間に余裕あるから、暇つぶしに何かいいだすのは困る、と思ったが、話の内容は気にかかる。

「設計部門から営業にきた若い人、つまり山田さんのことよ。こういう風にいわれている」

政子はそこまでいっていいおうか、いうまいかと思案するように楽しそうに笑った。

「そんな、そこまでいうなら、どういうことか話して下さい。気になるな……」

「では、教えてあげる。アラン・ドロンと、まではいえないけど、ドロン・ドロンくらいは十分ある、というの……」

「えっ！　ドロン・ドロン……」

二郎は突然の話で、話の内容を理解するのに暫し考えたが、要するに女性たちの間で注目されているのだ、と理解した。理解してみると悪い気はしない。

政子はその後暫く何もいわず、仕事を装っているようだったが、その沈黙に耐えられなくなったのか、

「山田さん、毎日外に出ているけど、私の地元、渋谷の辺りには行っている？」

と、おずおずした感じで訊いてきた。

「渋谷？　道路関係の公団が駅の近くにあり、私の担当客先だから、客先に熱意がないと思われないように時々行くことにはしているけど」

と、ペンを持つ手は離さずにいった。

「あの辺り、道玄坂とか駅の周辺の混雑した街。土曜日の午後とかご案内したいのだけど、明治神宮にも帰りにはお参りして、どうかしら？」

二郎はペンを離して政子の顔を窺った。ふっとデートの誘いかと思った。確かにその雰囲気がある。政子の顔が僅かに赤く火照っている。

「う、うん……、そのうちお願いしようかな」

二郎も、いわれて胸の内に火照るものがあった。政子は社内での風評のドロン・ドロンに憧れているのか？　と思ったし、断ったら隣人として今後具合が悪いとの思いもあった。

＊

その夜、二郎は時間を見計らって由美の家に電話した。政子からの誘いがあって、心が乱れるのを意識し、由美の声を聞いて気持ちをきちんとしたい、という思いもあった。

思えば六月中旬に本社勤務になって以来、由美には週に一度は必ず電話連絡し、日ごとの、いわば一身上の変化の様子を話している。

きちんとした背広にネクタイで、ピカピカの革靴。丸の内地区の最新ビルの九階に勤める様子を伝えることは、由美の心に何かを与えることに……との思いがあったのは否めない。

「二郎さん、今日あたり電話して下さるかと思って待っていたのよ……」

電話に出た由美がいきなりいった。

「ありがとう。前に話したけれど、ビルの一階で千疋屋の喫茶ルームを覗くたびに、いつもそこに由美さんの姿を見ている自分がいるのです」

「そう、その言葉ね。私もいつも思い出している」

由美の声はいつものように明るく闊達だ。それと、今日はいかにも二郎の電話を待っていたという雰囲気が受話器の向こうから漂ってくる。

「二郎さん、今日は決定的なことをいうわ。この二、三週、いや、一ヶ月かかるのかしら？　とにかくそのくらいのうちに、二郎さんのアパート王に向かってのコースを共に歩むか、世間並みの女性が憧れる幸せの道を歩むか、その結論を出します」

由美の声は緊張を伴ってか、微かに震えているように聞こえた。

「そう、本当ですか？　……怖いような気持ちです。その結論の前に、暫く前からの話ですが、土曜の午後に千疋屋にきて、いろいろ話したりしてくれるのでしょうね……」

「勿論、そこで詳しいお話をして、お互いに気持ちの交換もしましょう」

由美は受話器の向こうで一呼吸おき、大きく息をついたようだった。

＊

十月に入って早い時期の土曜日の午後、三時に近く新大手町ビルの一階、千疋屋の喫茶室は人影もまばらだった。それでも二郎と由美は、目立たないコーナーに席を取り向かい合って座った。今日のために由美は勤め先を休んできている。

ここにくる前、東京駅の北口で二人は二時に待ち合わせた。由美は明るい色調のワンピースに赤のハイヒール姿で現れた。

二郎は久しぶりに会う由美にドキッとし、一目見て丸の内地区でも、これだけの容姿の人はそうはいない、と思って誇らしかった。

二人はそこから丸ビル、新丸ビル、それぞれの中に入り、ゆっくりと商店街を見て歩き、出てからは丸の内の街路を歩き、道を右にとってパレスホテルを覗き、皇居の一角を後ろにして真っ直ぐに新大手町ビルの外観を眺めながら、ここにきたのだった。

この時間ならI重工業の社員は退社していて、由美と会っていても誰にも見られることはないだろう。二郎は久しぶりに由美に会った喜びに胸のときめきを抑えようがないほどだった。

「凄いわね。高校に入学してきた頃の二郎さんを思ったら、夢みたい。やっぱり、出世したという表現になるのかしら。おめでとう……」

由美は椅子に座ると直ぐに、二郎の顔を見て改めていった。

「出世？　でも、給料は特別に上がったわけではありません。大まかにいえば、成り行きで服装や勤務場所が格好よくなっただけです。しかし、今日は私の現状を見てもらい、それはとても嬉しいです」

二郎は自分の思いを率直にいった。

テーブルにフルーツとコーヒーが運ばれてきた。

「何からお話ししようかな？」

由美はウエイトレスが去ると、そういって二郎の顔を窺った。

「先日、二、三週、いや一ヶ月で決定的なことをいう、といわれたのが気になって、このところ落ち着かないで過ごしていますが……」

でも、二郎は言葉とはうらはらに落ち着いた態度で、由美の顔を見ていった。

「そう、その結論、二郎さんとアパート王に向かってのコースを共に歩むかどうかは、この二週間以内に出したいと思っています。それで、今日は何もかもありのままにお話ししたいと思っています」

由美はハンカチを出し強く握り締め、目頭にあてた。

「私の他に何人もの方が、由美さんを目指しているとお聞きしていますが……」

二郎は極度に緊張して、額に汗のにじむのを意識しながらいった。

「結論を出す以上、その何人かの方には、きちんとお断りします。ただ、お一方とは……」

由美は目頭のハンカチを外すと、二郎の顔を真っ直ぐに見ていったが語尾が乱れて掠れた。

「その……、お一方とはどういう方？」

二郎の声が咳き込んだ。

由美が、それからポツリポツリと、二郎の顔を窺いながら話したところはこうだ。

＊

由美の伯母が神戸にいて、息子夫婦と共に輸出入の会社に関わって生活している。由美とは年に数回会う程度の交際だが、由美の容姿や性格には会うたびに気に入って褒めてくれ、以前から、由美ちゃんが結婚するお相手は私が絶対にお世話する、といってくれていた。

その伯母が地元神戸で、由美の母から送らせた写真をもとに、何人かの由美のお相手候補を検討した。そして、伯母は由美母子にそのうちの一人を選び、この人こそといって、強く仲立ちを申し込んできた。

それには理由がある。その方は写真で見た由美の容姿にひどく惹かれたのだが、その他に由美が高校を定時制で卒業し、その後、通信大学で学んだという、容姿の美しさの他に、それに溺れぬ真面目さや、ひたむきな努力家という点に強く惹かれたというのだ。

伯母はそこまで見てくれる若い方は世間にそうたくさんはいない。それだけではない。

その方は仕事で上京の折に、由美の職場に何げなく立ち寄り、由美をさりげなく見て帰ったという。

その上で母に由美との話を正式に進めたいといってきている。極めて真面目な方で、ものの考え方や人柄が分かるというものだ。

伯母はその方の家が神戸で港湾荷役の会社を経営して、いわば、神戸では名だたる名家で、その方は、その会社の何代目かの後継ぎで三十歳だが、地元では若手の実業家として評判がいいという。

今は、会社の実務を親に代わりこなしているようで、少し年上だが趣味で自分のクルーザーを持っているようなスポーツマンで、神戸港には極めて詳しく明るく闊達な性格で、伯母の目から見て、このような良縁はそんなにはないという。

それで、伯母は由美に一度神戸にきて伯母の家に滞在し、いとこたちとも付き合いを深め、神戸の街を観光しながら、一方、その方からは神戸の港を案内してもらって、その方の様子を確かめたらどうかと強く勧めている。

勿論、伯母がそういう背景には、その方が自分の会社の様子を見てもらって、自分の仕事の面も判断して下さいとの強い伯母への話があってのことだ。

由美の母は、伯母がここまで話を進めてくれた以上、伯母の家に行って、伯母のいう通りに行動して、その方に会わずに終わらせるわけにはいかないだろうし、お断りするにしても、一度神戸の伯母の家には行ってきなさい、と強く勧めているという。

＊

「そういうわけで、母の意見、伯母がしてくれた努力には逆らいきれず、神戸で実質的にはお見合いしてこないといけなくなってしまいました。それで、その方一人については未解決というか……」

由美はそういうと、微かに笑いながら目じりを指で押さえ、二郎の顔を申し訳なさそうに見てうつむいた。

「由美さんと以前に話したのは、広く社会のいろいろの人を見て、私たちはそれぞれのことを決めましょう、ということだったですね」

二郎は由美を真っ直ぐに見ていった。

「ええ、そうです」

由美は深く頷いて応えた。

「よかった、と私は思います。何故って、今はその方と私の、二人に一人のところまできたのだから、そうでしょ?」

二郎は微かに笑みを浮かべていった。

「ええ、申し訳ないことだけど、私に以後は決めさせて下さい……」

由美も顔を上げ二郎の顔を見て、わざと二郎の笑みに応えようとしたのか、一瞬、何事かを楽しむように悪戯っぽい顔をしていった。

＊

由美の帰路、二郎は由美を送って東京駅に入り、京浜東北線のホームで電車の扉の向こうで手を振る由美と、手を振り合って別れた。

電車が去ってからも、二郎はその場所に立ったまま暫し動けなかった。由美と初めて会ってからの、いわば青春期というべき年月にあったことが、胸の内を去来した。次の電車がホームに入り、それがまたホームを出ていくのを何回か黙然として見送った。

やがて、二郎はホームの階段を下り、地下道を八重洲口に向かって歩いた。行き交う人々の中で、二郎は胸の底の言葉を一人そっと呟いた。

「仕方ない。互いに世を広く見て、それぞれ多くの人を知ろう、と話し合っていたのだから」

二郎はそのまま暫し歩いた。そして八重洲北口の出口にきたときに次の言葉が出た。

「でも、今は堂々と二人に一人の、その一人が自分なのだ。相手は実業家。当然、経済力は抜群だろう。クルーザーもある。きっと車だって、家だって、だが年齢は三十歳とか……」

二郎はそこで、ため息とも苦笑ともつかぬ深い息をついた。そして、

「勝負は分からない。私だってドロン・ドロンといわれている丸の内のホワイトカラー。背は高い、かなり若い、将来がある。アパート王という先を見据えた計画の活動があって、かなり具体的になってきている。一番の強みは由美との間には心の歴史があり、互いに深い愛を共有しているのは確かだということだ……」

二郎はそこまでを心の底から口にして呟くと、更に心の底にあった思い、「由美が神戸に発つ日、東京駅に見送りに行こう」と思っていたのを、止めようと思った。

由美が神戸に行ってすべてが終わりになっても仕方がないと思った。これ以上の行動は未練というもので、互いに拘束されずに広く結婚相手を見付けると話し合って交際してきたことに反する、と思った。

そのときは仕方ない、「おめでとう」と、いってあげる度量を持たなくてはと思った。

八重洲北口からの空は、かなりの部分が茜色に染まっていた。その下に多くの人が歩いている。無数の人がそれぞれにさまざまな思いを抱いて歩いているのだ。

「青春、青春の真っただ中に私はいる。今、運命の区切りのところにいるのだ」

と、二郎は思って、切ないが、しかし、確かな希望に向かって由美を信じて歩いているのを意識していた。

おわりに

父は一流国立大学工科系の出身で、多くの著書を世に出し、戦前には技術者として得意の時代がありました。戦後は帝国海軍の研究所に、研究者として務めていたので身辺は激変しました。

持っていた高学歴の技術者のプライドを捨てきれず、何人もの家族を背負って生きるのは、私も父の年令を通過してその至難さは察するに余りあります。私の新制高校進学断念は、経済面で、とても望めない家族の生活状況からです。子供を高校に進めさせられない思いは、父にはそれまでの社会的プライドからも、非常につらかったと思いますが、当時の私には思い至るだけの心の成長も、余裕もありませんでした。

だが、私にはそうした境遇であったため、胸に火をつけられる刺激が与えられました。工員を一年務める中で、「やれるだけの努力をして、大成したい」と思うようになり、まずは定時制高校を探し、進学の道を選びました。以後のことは本書の中に詳しく記述しているところです。

現在、令和五年となり、私は八十七歳となって昭和を振り返ると、戦争のない平和な社会が続いてきていますが、私の生きてきた昭和、平成の中でさえ、あらゆる面がさまざまに大きく進歩し、変わったのを意識します。

今後数百年を経て、大きな時代の転換点として私の生きてきた昭和は回顧されるものと思います。何が変わったのか？　ざっと振り返ってみると、社会の外観というべきインフラ、内情として学歴の高度化、結婚の形、寿命、少子化、貧富の差、人間関係などと幾つもの言葉が出てきますが、大きく見て一言でいえば総合的な見方で社会が急速に豊かになったということでしょう。

この著書はそんな昭和の動きの細部をさまざまな面にわたって書き残せたので嬉しい限りです。

この物語の初めは、私が同人誌「嵐」に入会して以来、短編を十数編ほど発表さして頂き、その後最も長く続いた小説が、この本の母体となっている「青春」です。「青春」は八冊、六年の時間をかけて書いています。この間に昭和も民主主義の下にどんどん変わっていたのを今になっても強く意識します。

殆どが実際のお話で、それを基にして物語として進めるのに虚構を実際にそって多少導入し、物語として展開しました。永い時間をかけたお蔭で、今読んでも満足するものとして終わっていて、小説として八冊を一冊にまとめて世に問いたいと思いついて今回、改題して発行に至りました。

昭和の時代に深く、或いは浅く関係し、平成の時代へ、特に青春を生きた方々の物語へのご理解と応援を頂ければ、これに勝る喜びはありません。

書にせんと　思い立ちけり　青春を
拙なけれども　おのが人生

著者プロフィール

寺岡 光二（てらおか こうじ）

昭和11年、東京都生まれ。

学童疎開で長野県と、父の仕事で埼玉県に、終戦は埼玉県で迎える。

戦後、極度の住宅難の中、疎開の境遇を脱して落ち着いたのが埼玉県川口市。

新制中学卒業後、経済事情で町工場に機械工として就職。一年後、志を抱き、定時制川口市立懸陽高等学校機械科入学。

高校卒業後、鋳物工場にエンジニアとして就職。工学院大学二部（夜間部）機械工学科に入学。

大学２年のとき、石川島重工業株式会社（現在のIHI）の土光敏夫社長の実力主義に基づく、即戦力設計技術者募集に応募する。丸二日間にわたる試験を経て合格、正社員となり、産業機械設計部に勤務しながら卒業。

昭和の青春物語

2023年10月15日　初版第１刷発行

著　者　寺岡 光二
発行者　瓜谷 綱延
発行所　株式会社文芸社
〒160-0022　東京都新宿区新宿１－10－１
電話　03-5369-3060（代表）
03-5369-2299（販売）

印刷所　図書印刷株式会社

ISBN978-4-286-24575-1　　JASRAC 出 2305948－301